U0869597

【中国人格读库】

国家新闻出版广电总局

培育和践行社会主义核心价值观主题出版重点出版物

近现代爱国诗文选

高占祥　主编

董雁南　编

北京时代华文书局

图书在版编目（CIP）数据

近现代爱国诗文选 / 董雁南编. -- 北京 ：北京时代华文书局，2015.12（2022.3重印）
（中国人格读库 / 高占祥主编）
ISBN 978-7-5699-0696-7

Ⅰ. ①近… Ⅱ. ①董… Ⅲ. ①中国文学—作品综合集—近现代 Ⅳ. ① I216.1

中国版本图书馆 CIP 数据核字（2015）第 295390 号

近现代爱国诗文选

JINXIANDAI AIGUO SHIWENXUAN

主　　编 | 高占祥
编　　者 | 董雁南

出 版 人 | 陈　涛
责任编辑 | 邢　楠
装帧设计 | 程　慧　赵芝英
责任印制 | 訾　敬

出版发行 | 北京时代华文书局 http://www.bjsdsj.com.cn
北京市东城区安定门外大街 138 号皇城国际大厦 A 座 8 楼
邮编：100011　电话：010-64267955　64267677
印　　刷 | 三河市嵩川印刷有限公司　0316-3650395
（如发现印装质量问题，请与印刷厂联系调换）
开　　本 | 787mm×1092mm　1/16　印　　张 | 14.5　字　　数 | 161 千字
版　　次 | 2016 年 1 月第 1 版　印　　次 | 2022 年 3 月第 3 次印刷
书　　号 | ISBN 978-7-5699-0696-7
定　　价 | 42.00 元

版权所有，侵权必究

《中国人格读库》编委会

主　　任： 高占祥

编　　委： 陈伟文　连瑞谦　刘晓红　刘艳华

谢锡文　杨迎会　杨红卫　杨廷玉

杨志刚　张广海　周殿富

【总序】

社会主义核心价值观与中国人格

周殿富

社会主义制度在中国已经建立了六十余年，而我们党则在本世纪初叶提出了培育弘扬社会主义核心价值观的重大课题，显然是其来有自。

社会主义的道德风尚在新中国蔚然兴起，曾经那样地风靡于二十世纪中叶。邓小平同志曾经在改革开放中讲过，当年“这种风气不仅是中国历史上从来没有过的，而且受到了世界人民的赞誉”。然而可惜的是，这个在社会主义制度建立与实践中，同步兴起的社会主义道德风尚的成长道路，却是一波四折。半个多世纪以来，它先是与共和国一道遭受了十年“文革”的浩劫；接着便是全党工作重心转移到改革开放进程中，欧风美雨“里出外进”的浸洗濡染；再接着是西方“和平演变”在东欧得手的强烈震荡与冲击；最后又是市场经济中那两只“看不见的手”在搅动着、嬗变着人们的价值取向。至少在国民中出现了价值观上的多层次化，传统美德的弱化，社会道德文明水准的退化，光荣革命传统的淡化，这也许正是中央在本世纪初提出社会主义核心价值观的原因吧。

不管怎么“变”，怎么“化”，当我们回首来时路，却不能不说，中华民族真的很强大，很值得骄傲。人类经历了几千年的文明进程，堪称世界文化之源的“五大文明古国”，其他四大古国文明都已被历史淘汰灭亡，只有中国成了唯一的延续存在。近现代即使那般的积贫积弱，被西方列强豆剖瓜分、弱肉强食，想亡我中华都不可能，就连最强大的美帝国主义，最凶残的日本军国主义都成为我们的手下败将，而且打出了一个新中国，且跨过整整一个历史阶段，直接进入了社会主义。西方敌对势力几十年不遗余力地对新中国百般围剿，“冷战”“热战”“和平演变”手段用尽，连如此强大的前苏联乃至整个苏东阵营都被瓦解了，而社会主义的旗帜仍旧在960万平方公里的土地上高高飘扬，而且昂首挺胸地屹立在世界的东方，中国真的是太强大了。几十年来的瞩目成就，竟然令西方发出了“中国威胁论”。你管他别有用心也好，言过其实也好，总比让别人说我们是“瓷器”，是“东亚病夫”好吧？1840~1949年的一百零九年间，中国尽受别人的欺负、“威胁”了，我们也能让那些昔日列强有点“威胁感”，又有什么不好？更何况这是他们自己说的啊！我们并没吹嘘，也没有去做。几千年来我们侵略过谁呢？“反战”“非攻”“兼相爱，交相利”，中国古有墨子，近有周恩来、邓小平同志。这也是中华民族固有传统美德的延续吧！

生于忧患，死于安乐，这也当是中华民族的一个传统美德吧？几十年来尽管中国如此繁荣兴旺，但从邓小平生前一直到党的“十八大”以来，无论哪一届中央领导集体，从来都没有忘记过国之忧患。忧在何处，患在何处呢？

二十世纪八十年代末，邓小平同志曾经在半年的时间内四次提到：中国改革开放十年最大的失误在教育，在“对青年的政治思想教育抓得不够”“对人民的教育不够”，足见他的痛心疾首。他晚年时又提到了“国格”与“人格”的问题，讲道：“谈到人格，但不要忘记还有一个国格。特别是像我们这样第三世界的发展中国家，没有民族自尊心，不珍惜自己民族的独立，国家是立不起来的。”

（精装版《邓小平文选》第3卷331页。）

人们很少注意到邓小平的这一段话，但邓小平恰恰是在这里把“国格”“人格”提升到了事关“立国”的高度。

那么，什么是我们社会主义的“国格”呢？邓小平讲得很明白：“民族自尊心”“民族的独立”。

新中国一路走来，我们最大的尊严便是完全靠“自力”，靠“艰苦奋斗”，而达“更生”之境。对西方敌对势力的“冷战”“热战”“和平演变”，我们何曾有过屈服？也正是在这一前提下，我们才有真正的“民族独立”。这就是我们的国格。那么什么是我们中国人的人格呢？邓小平同志在这里没有讲，但他在1978年4月22日召开的全国教育工作会议上的讲话中，在讲到我们的教育培养目标时，至少提到与社会主义人格相关的各个方面：革命的理想，共产主义的品德，勤奋学习，严守纪律，艰苦奋斗，努力上进，爱祖国，爱人民，爱劳动，爱科学，爱护公共财产，助人为乐，英勇对敌，集体主义精神，专心致志地为人民工作，等等。这里的哪一条不属于社会主义人格的范畴呢？

2006年党的十六届三中全会，第一次提出了“建设社会主义核心价值体系”的历史性命题和战略任务。2007

年，胡锦涛同志在“6·25”讲话中又具体提出这个“体系”包括四个方面的内容：①马克思主义的指导思想；②中国特色社会主义共同理想；③以爱国主义为核心的民族精神和以改革创新为核心的时代精神；④社会主义荣辱观。这四个方面，一是信仰，二是理想，三是精神，四是道德文明，哪一个不在社会主义人格的范畴之内呢？党的十七届六中全会又提到了社会主义核心价值体系是“兴国之魂”。

2012年11月，在党的“十八大”上又用“三个倡导”把社会主义核心价值观概括为十二项：①倡导富强、民主、文明、和谐；②倡导自由、平等、公正、法制；③倡导爱国、敬业、诚信、友善。而且中办文件又把这“三个倡导”分为三个层面：第一个“倡导”的四项，是国家层面的价值目标；第二个“倡导”的四项，是社会层面的价值取向；第三个“倡导”的四项，是公民个人层面的价值准则。实际上前两个“倡导”的八项都是属于“国格”范畴，而第三个“倡导”是属于“人格”范畴。

那么，我们怎样才能在前面讲到的那些历史嬗变中培育建构起这个“核心价值观”呢？中共中央政治局的第十三次集体学习，似乎很明确地回答了这个问题。

新华社北京2014年2月25日电讯称：中央政治局在2月24日，以弘扬社会主义核心价值观，弘扬中华传统美德为内容，进行了集体学习，习近平总书记在主持学习时强调：

培育和弘扬社会主义核心价值观必须立足中华优秀传统文化。牢固的核心价值观，都有其固有的根本。抛弃传统、丢掉根本，就等于割断了自己的精神命脉。博大精深的中国优秀传统文化是我们在世界文化激荡中落稳脚跟的根基。中华文化源远流长，积淀着中华民族最深层的精神追求，代表着中华民族独特的精神标识，为中华民族生生不息、发展壮大提供了丰厚滋养。中华传统美德是中华文化精髓，蕴含着丰富的思想道德资源。不忘本来才能开辟未来，善于继承才能更好创新。对历史文化特别是先人传承下来的价值理念和道德规范，要坚持古为今用、推陈出新，有鉴别地加以对待，有扬弃地予以继承，努力用中华民族创造的一切精神财富来以文化人，以文育人。

习近平总书记的这段论述相当精辟，对于如何培育建构社会主义核心价值观问题从四个方面剀切明白。

第一，他明确指出要在中华优秀传统文化的基础上，来构造我们的社会主义核心价值观，而不能割断历史。这一条十分重要，否则我们便会失去我们的本来面目，便会成为无源之水，也就无法走向未来。

第二，指出了中华传统美德是中华文化精髓，蕴含着丰富的思想道德资源。这就为我们揭示了社会主义核心价值观，要以弘扬优秀的中华传统美德为基础。

第三，他指出，对传统文化在扬弃中继承，在继承中创新。这就是说，社会主义核心价值观的内涵，既要有优良传统的文化精神，也要有时代精神，是二者的有机结合。

第四，他指出要用中华民族创造的一切精神财富，来化人育人。这就是说，弘扬中华民族文化，并不只是传承儒学那些道统，而是要弘扬全民族共创的优秀传统文化。同时也就是说，培育、弘扬社会主义核心价值观的根本目的是化民、育人。

尤其值得瞩目的是，习近平总书记在这次讲话中提到了一个“中华民族独特的精神标识”问题，而在同年的全国组织部长会议上又提出我们再也不能以GDP论英雄的思想。让人欣慰的是，思想道德文化建设终于被提升到一个民族的标识地位，这至少表明中国人的思想观念，并不落伍于世界潮流。

并不受人欢迎的亨廷顿生前给他的祖国提出的警示忠告，竟是如何弘扬他们没有多少历史和文化的“传统文化”:“盎格鲁新教精神——美国梦”，以此为国家的“文化核心”问题。他讲道:“在一个世界各国人民都以文化来界定自己的时代，一个没有文化核心而仅仅以政治信条来界定自己的社会，哪有立足之地？”所以，他提醒他无限忠于的祖国，一定要巩固发扬他们自入居北美以来，在新教精神基础上形成的“美国梦”理念的“文化核心”地位，这样才能消解这个国家的民族与文化双重多元化的危机。为此，他甚至预言美国弄不好会在本世纪中叶发生分裂。而且他公开预言不列颠大英帝国也会因民族与文化多元化的问题，导致在本世纪上半期发生分裂。

西方的一些专家学者们也十分强调国家民族文化的地位问题，柏克说:“全世界的人根据文化上的界限来区分自己。”丹尼尔同样说:“保守地说，真理的中心在于，对一个社会的成功起决定作用的是文化，而不是政治。开明地说，真理的中心在于，政治可以改变文化，使文化免于沉沦。”这些语言也可能有它们的局限性与某种非唯物性，但至少可以让我们看到那些发达的资本主义国家在想什么，至少与马克思主义经典作家们，关于意识形态并不总是消极被动地接受它的经济基础的论断并不相悖。

中国显然具有世界上最悠久的民族文化，同时显然也拥有世界上最强大的政治优势。新中国包括它直接进入社会主义的经济形态，以及其后的一次次经济变革，哪一次不是靠政治力量在强力推动呢？它当然同样拥有让我们几千年的民族文化“免于沉沦”的能力。有学人认为我们的民族文化早就被以往一次次的历史性灾难割裂了，这个看法显然都是毫无道理的。但我们当下却确实面临着“两个传统”失传失统的危险。中国的传统文化与优秀的民族美德，在当代国民中还有多少传承？老一代中国共产党人用生命与鲜血铸就的光荣革命传统，在党内还有多少“光大”?我们现在全民族的“核心文化”到底在何处？“社会主义核心价值观”的提出不仅符合世界潮流，也是使我们优秀的民族文化得以传承而不发生历史断裂的根本保证。富和强永远都不是一个民族的标志，哪个国家不可以富，不可以强？但能代表中国“这一个”本来面目，具有自己民族特色的，唯有中华民族的文化，能代表中国人形象的只有中国独具的道德人格。什么是人格？人格就是原始戏剧中不同角色的本来面目。

综上所述，我们是不是可以这样认为，社会主义核心价值观应内含如下的成分：中华民族传统文化中的优秀传统美德；中国人民近现代反帝反侵略反封建的爱国主义、斗争精神与中国共产党领导下形成的几十年光荣革命传统；中国化了的马克思主义有中国特色社会主义的共同理想；与“中国梦”远大目标相适应的时代精神。由这些内涵构成的社会主义核心价值观，用它来干什么呢？用习近平总书记的话来说就是“化人”“育人”，把它再具体化一下，无非是打造能体现中华民族特色，代表中国形象的国格、人格。在思想道德层面上，一个国家的民族精神也只有在人的身上才能体现，所以我们依据社会主义核心价值观的基本要求，针对当代青少年的实际情况，策划了《中国人格读库》这样一套大型系列选题。

本套书承蒙全国少工委、中华文化促进会、团中央中国青年网三家共同主办推广，并积极提供书稿。难得高占祥老前辈热情出任该套书的编委主任，且高占祥同志不辞屈就加盟主创作者队伍。一些大学、中学教师与青年作者也积极加盟此套书的编写。该选题被国家新闻广电出版总局列为2014年全国社会主义核心价值观重点选题，在此一并鸣谢。

希望本套书的出版能为社会主义核心价值观的培育与弘扬，为促进青少年的道德人格养成起到积极的作用。欢迎广大读者与作家对不足之处批评教正，多提宝贵建议与指导意见。

谨以此代出版前言并序。

二〇一四年十月

于北京时代华文书局

目录

李大钊

乙卯残腊，由横滨搭法轮赴春申，在太平洋

浩渺水东流，客心空太息。

神州悲板荡，丧乱安所极？

八表正同昏，一夫终窃国。

黯黯五彩旗，自兹少颜色。

逆贼稽征讨，机势今已熟。

义声起云南，鼓鼙动河北。

绝域逢知交，慷慨道胸臆。

中宵出江户，明月临幽黑。

鹏鸟将图南，扶摇始张翼；

一翔直冲天，彼何畏荆棘？

相期吾少年，匡时宜努力；

男儿尚雄飞，机失不可得。

南天动乱，适将去国，忆天问军中

班生此去意何云？破碎神州日已曛。
去国徒深屈子恨，靖氛空说岳家军。
风尘河北音书断，戎马江南羽檄纷。
无限伤心劫后话，连天烽火独思君。

丙辰春，再至江户。幼蘅将返国，同人招至

壮别天涯未许愁，尽将离恨付东流。
何当痛饮黄龙府，高筑神州风雨楼。

梁启超

壮别（其一）

丈夫有壮别，不作儿女颜。
风尘孤剑在，湖海一身单。
天下正多事，年华殊未阑。
高楼一挥手，来去我何难。

（其二）

狂简今犹昔，裁成意若何？
辙环人事瘁，棒喝佛恩多。
翼翼酬衣带，冥冥慎网罗。
图南近消息，为我托微波。

（其三）

赫赫皇华记，凄凄去国吟。
出匡恩未报，赠缟爱何深。
重话艰难业，商量得失林。

只身浮海志，使我忆松阴。

（其四）

第一快心事，东来识此雄。
学空秦火后，功就楚歌中。
大陆成争鹿，沧瀛蛰老龙。
牛刀勿小试，留我借东风。

（其五）

孕育今世纪，论功谁萧何？
华拿总馀子，卢孟实先河。
赤手铸新脑，雷音殄古魔。
吾侪不努力，负此国民多。

（其六）

极目鉴八荒，淋漓几战场。
虎皮蒙鬼蜮，龙血混玄黄。
世纪开新幕，风潮集远洋。
欲闲闲未得，横槊数兴亡。

自励（其一）

平生最恶牢骚语，作态呻吟苦恨谁。
万事祸为福所倚，百年力与命相持。
立身岂患无余地，报国惟忧或后时。

未学英雄先学道，肯将荣瘁校群儿。

（其二）

献身甘作万矢的，著论求为百世师。
誓起民权移旧俗，更挈哲理牖新知。
十年以后当思我，举国犹狂欲语谁。
世界无穷愿无尽，海天寥廓立多时。

爱国歌四章

泱泱哉！吾中华。
最大洲中最大国，廿二行省为一家。
物产腴沃甲大地，天府雄国言非夸。
君不见，英日区区三岛尚崛起，况乃堂矞吾中华。
结我团体，振我精神，二十世纪新世界，雄飞宇内畴与伦。
可爱哉！吾国民。
可爱哉！吾国民。

芸芸哉！吾种族。
黄帝之胄尽神明，濅昌濅炽遍大陆。
纵横万里皆兄弟，一脉同胞古相属。
君不见，地球万国户口谁最多？四百兆众吾种族。
结我团体，振我精神，二十世纪新世界，雄飞宇内畴与伦。
可爱哉！我国民。
可爱哉！我国民。

彬彬哉！吾文明。
五千余岁历史古，光焰相续何绳绳。
圣作贤述代继起，浸濯沈黑扬光晶。
君不见，揭来欧北天骄骤进化，宁容久扃吾文明。
结我团体，振我精神，二十世纪新世界，雄飞宇内畴与伦。
可爱哉！我国民。
可爱哉！我国民。

轰轰哉！我英雄。
汉唐凿孔县西域，欧亚持陆地天通。
每谈黄祸詟且栗，百年噩梦骇西戎。
君不见，博望定远芳踪已千古，时哉后起我英雄。
结我团体，振我精神，二十世纪新世界，雄飞宇内畴与伦。
可爱哉！我国民。
可爱哉！我国民。

闻英寇云南俄寇伊犁感愤成作

涕泪已消残腊尽，入春所得是惊心。
天倾已压将非梦，雅废夷侵不自今。
安息葡萄柯叶悴，夜郎蒟酱信音沈。
好风不度关山路，奈此中原万里阴。

鲁迅

自题小像

灵台无计逃神矢，风雨如磐暗故园。

寄意寒星荃不察，我以我血荐轩辕。

自嘲

运交华盖欲何求？未敢翻身已碰头。

破帽遮颜过闹市，漏船载酒泛中流。

横眉冷对千夫指，俯首甘为孺子牛。

躲进小楼成一统，管他冬夏与春秋。

别诸弟三首——庚子二月（1900年）

（其一）

谋生无奈日奔驰，有弟偏教各别离。

最是令人凄绝处，孤檠长夜雨来时。

（其二）

还家未久又离家，日暮新愁分外加。
夹道万株杨柳树，望中都化断肠花。

（其三）

从来一别又经年，万里长风送客船。
我有一言应记取：文章得失不由天。

莲蓬人（1900年）

芰裳荇带处仙乡，风定犹闻碧玉香。
鹭影不来秋瑟瑟，苇花伴宿露瀼瀼。
扫除腻粉呈风骨，褪却红衣学淡妆。
好向濂溪称净植，莫随残叶堕寒塘。

别诸弟三首——辛丑二月并跋（1901年）

（其一）

梦魂常向故乡驰，始信人间苦别离。
夜半倚床忆诸弟，残灯如豆月明时。

（其二）

日暮舟停老圃家，棘篱绕屋树交加。
怅然回忆家乡乐，抱瓮何时更养花？

（其三）

春风容易送韶年，一棹烟波夜驶船。

何事脊令偏傲我，时随帆顶过长天。

哀范君三章（1912年）

（其一）

风雨飘摇日，余怀范爱农。

华颠萎寥落，白眼看鸡虫。

世味秋荼苦，人间直道穷。

奈何三月别，竟尔失畸躬。

（其二）

海草国门碧，多年老异乡。

狐狸方去穴，桃偶已登场。

故里寒云恶，炎天凛夜长。

独沉清冷水，能否涤愁肠？

（其三）

把酒论当世，先生小酒人。

大圜犹茗艼，微醉自沉沦。

此别成终古，从兹绝绪言。

故人云散尽，我亦等轻尘！

替豆萁伸冤（1925年）

煮豆燃豆萁，萁在釜下泣。

我烬你熟了，正好办教席。

吊卢骚（1928年）

脱帽怀铅出，先生盖代穷。

头颅行万里，失计造儿童。

赠邬其山（1931年）

廿年居上海，每日见中华：

有病不求药，无聊才读书。

一阔脸就变，所砍头渐多。

忽而又下野，南无阿弥陀。

惯于长夜过春时（1931年）

惯于长夜过春时，挈妇将雏鬓有丝。

梦里依稀慈母泪，城头变幻大王旗。

忍看朋辈成新鬼，怒向刀丛觅小诗。

吟罢低眉无写处，月光如水照缁衣。

送O．E．君携兰归国（1931年）

椒焚桂折佳人老，独托幽岩展素心。

岂惜芳馨遗远者，故乡如醉有荆榛。

赠日本歌人（1931年）

春江好景依然在，远国征人此际行。

莫向遥天望歌舞，西游演了是封神。

湘灵歌（1931年）

昔闻湘水碧如染，今闻湘水胭脂痕。

湘灵妆成照湘水，皎如皓月窥彤云。

高丘寂寞竦中夜，芳荃零落无余春。

鼓完瑶瑟人不闻，太平成象盈秋门。

无题二首（1931年）

（其一）

大江日夜向东流，聚义群雄又远游。

六代绮罗成旧梦，石头城上月如钩。

（其二）

雨花台边埋断戟，莫愁湖里余微波。

所思美人不可见，归忆江天发浩歌。

送增田涉君归国（1931年）

扶桑正是秋光好，枫叶如丹照嫩寒。

却折垂杨送归客，心随东棹忆华年。

答客诮（1931年）

无情未必真豪杰，怜子如何不丈夫？

知否兴风狂啸者，回眸时看小於菟。

无题（1932年）

血沃中原肥劲草，寒凝大地发春华。

英雄多故谋夫病，泪洒崇陵噪暮鸦。

偶成（1932年）

文章如土欲何之？翘首东云惹梦思。

所恨芳林寥落甚，春兰秋菊不同时。

一．二八战后作（1932年）

战云暂敛残春在，重炮清歌两寂然。

我亦无诗送归棹，但从心底祝平安。

教授杂咏四首（1932年）

（其一）

作法不自毙，悠然过四十。

何妨赌肥头，抵挡辩证法。

（其二）

可怜织女星，化为马郎妇。

乌鹊疑不来，迢迢牛奶路。

（其三）

世界有文学，少女多丰臀。

鸡汤代猪肉，北新遂掩门。

（其四）

名人选小说，入线云有限。

虽有望远镜，无奈近视眼。

所闻（1932年）

华灯照宴敞豪门，娇女严妆侍玉樽。

忽忆情亲焦土下，佯看罗袜掩啼痕。

无题二首（1932年）

（其一）

故乡黯黯锁玄云，遥夜迢迢隔上春。

岁暮何堪再惆怅，且持卮酒食河豚。

（其二）

皓齿吴娃唱柳枝，酒阑人静暮春时。

无端旧梦驱残醉，独对灯阴忆子规。

无题（1932年）

洞庭木落楚天高，眉黛猩红涴战袍。

泽畔有人吟不得，秋波渺渺失离骚。

学生和玉佛（1933年）

寂寞空城在，仓皇古董迁。

头儿夸大口，面子靠中坚。

惊扰讵言妄？奔逃只自怜。

所嗟非玉佛，不值一文钱。

剥崔颢黄鹤楼诗吊大学生（1933年）

阔人已骑文化去，此地空余文化城。

文化一去不复返，古城千载冷清清。

专车队队前门站，晦气重重大学生。

日薄榆关何处抗，烟花场上没人惊。

题《呐喊》（1933年）

弄文罹文网，抗世违世情。

积毁可销骨，空留纸上声。

悼杨铨（1933年）

岂有豪情似旧时，花开花落两由之。
何期泪洒江南雨，又为斯民哭健儿。

题三义塔（1933年）

三义塔者，中国上海闸北三义里遗鸠埋骨之塔也，在日本，农人共建之。

奔霆飞熛歼人子，败井残垣剩饿鸠。
偶值大心离火宅，终遗高塔念瀛洲。
精禽梦觉仍衔石，斗士诚坚共抗流。
度尽劫波兄弟在，相逢一笑泯恩仇。

无题（1933年）

禹域多飞将，蜗庐剩逸民。
夜邀潭底影，玄酒颂皇仁。

悼丁君（1933年）

如磐夜气压重楼，剪柳春风道九秋。
瑶瑟凝尘清怨绝，可怜无女耀高丘。

报载患脑炎戏作（1934年）

横眉岂夺蛾眉冶，不料仍违众女心。

诅咒而今翻异样，无如臣脑故如冰。

无题（1934年）

万家墨面没蒿莱，敢有歌吟动地哀。

心事浩茫连广宇，于无声处听惊雷。

秋夜有感（1934年）

绮罗幕后送飞光，柏栗丛边作道场。

望帝终教芳草变，迷阳聊饰大田荒。

何来酪果供千佛，难得莲花似六郎。

中夜鸡鸣风雨集，起然烟卷觉新凉。

亥年残秋偶作（1935年）

曾惊秋肃临天下，敢遣春温上笔端。

尘海苍茫沉百感，金风萧瑟走千官。

老归大泽菰蒲尽，梦坠空云齿发寒。

竦听荒鸡偏阒寂，起看星斗正阑干。

谭嗣同

夜成

苦月霜林微有阴，灯寒欲雪夜钟深。
此时危坐管宁榻，抱膝乃为梁父吟。
斗酒纵横天下事，名山风雨百年心。
摊书兀兀了无睡，起听五更孤角沉。

别意

志士叹水逝，行子悲风寒。
风寒犹得暖，水逝不复还！
况我别同志，遥遥千里间。
揽袪泣将别，芳草青且歇。
修途浩渺漫，形分肠断绝。
何以压轻装，鲛绡缝云裳。
何以壮行色，宝剑丁香结。

何以表劳思，东海珊瑚枝。
何以慰辽远，勤修惜日短。
坚欢无续时，嘉会强相期。
为君歌，为君舞，君弟行，毋自苦。

除夕感怀（内顾何曾足肝胆）

内顾何曾足肝胆，论交晚乃得髯翁。
不观器识才终隐，即较文词势已雄。
逃酒人随霜阵北，谈兵心逐海潮东。
飞光自抚将三十，山简生来忧患中。

除夕感怀（年华世事两迷离）

年华世事两迷离，敢道中原鹿死谁。
自向冰天炼奇骨，暂教佳句属通眉。
无端歌哭因长夜，婪尾阴阳胜此时。
有约闻鸡同起舞，灯前转恨漏声迟。

除夕感怀（我辈虫吟真碌碌）

我辈虫吟真碌碌，高歌《商颂》彼何人。
十年醉梦天难醒，一寸芳心镜不尘。
挥洒琴尊辞旧岁，安排险阻著孤身。
乾坤剑气双龙啸，唤起幽潜共好春。

冬夜

班马肃清霜，严城暮色凉。
镫青一电瞬，剑碧两龙长。
调角急如语，寒星动有芒。
遥怜诸将士，雪夜戍氐羌。

有感

世间无物抵春愁，合向苍昊一哭休。
四万万人齐下泪，天涯何处是神州！

似曾诗（死生流转不相值）

死生流转不相值，天地翻时忽一逢。
且喜无情成解脱，欲追前事已冥蒙。
桐花院落乌头白，芳草汀洲雁泪红。
隔世金环弹指过，结空为色又俄空。

似曾诗（同住莲花证四禅）

同住莲花证四禅，空然一笑是横阗。
惟红法雨偶生色，被黑罡风吹堕天。
大患有身无相定，小言破道遣愁篇。
年来嚼蜡成滋味，阑入楞严十种仙。

似曾诗（无端过去生中事）

无端过去生中事，兜上朦胧业眼来。
灯下髑髅谁一剑，尊前尸冢梦三槐。
金裘喷血和天斗，云竹闻歌匝地哀。
徐甲傥容心忏悔，愿身成骨骨成灰。

武昌夜泊

秋老夜苍苍，鸡鸣天雨霜。
星河千里白，鼓角一城凉。
镫炫新番舶，磷啼旧战场。
青山终不改，人事费兴亡。

戊戌入都别友人

家国两愁绝，人天一粲然。
只余心独在，看汝更千年。
世界几痕梦，微尘万座莲。
后来凭吊意，分付此山川。

狱中题壁（望门投止思张俭）

望门投止思张俭，忍死须臾待杜根。
我自横刀向天笑，去留肝胆两昆仑。

邹容

有感

落落何人报大仇，

沉沉往事泪长流。

凄凉读尽支那史，

几个男儿非马牛。

苏曼殊

以诗并画留别汤国顿

蹈海鲁连不帝秦，茫茫烟水着浮身。

国民孤愤英雄泪，洒上鲛绡赠故人。

海天龙战血玄黄，披发长歌览大荒。

易水萧萧人去也，一天明月白如霜。

林则徐

赴戍登程，口占示家人（二首）

（其一）

出门一笑莫心哀，浩荡襟怀到处开。
时事难从无过立，达官非自有生来。
风涛回首空三岛，尘壤从头数九垓。
休信儿童轻薄语，嗤他赵老送灯台。

（其二）

力微任重久神疲，再竭衰庸定不支。
苟利国家生死以，岂因祸福避趋之。
谪居正是君恩厚，养拙刚于戍卒宜。
戏与山妻谈故事，试吟断送老头皮。

黄遵宪

赠梁任父同年

寸寸山河寸寸金，侉离分裂力谁任。
杜鹃再拜忧天泪，精卫无穷填海心。

杂感·大块凿混沌

大块凿混沌，浑浑旋大圜；
隶首不能算，知有几万年。
羲轩造书契，今始岁五千；
以我视后人，若居三代先。
俗儒好尊古，日日故纸研；
六经字所无，不敢入诗篇。
古人弃糟粕，见之口流涎；
沿习甘剽盗，妄造丛罪愆。
黄土同抟人，今古何愚贤；

即今忽已古，断自何代前？

明窗敞流离，高炉蒸香烟；

左陈端溪砚，右列薛涛笺；

我手写我口，古岂能拘牵！

即今流俗语，我若登简编；

五千年后人，惊为古斓斑！

今别离（四首）

（其一）

别肠转如轮，一刻既万周。

眼见双轮驰，益增中心忧。

古亦有山川，古亦有车舟。

车舟载离别，行止犹自由。

今日舟与车，并力生离愁。

明知须臾景，不许稍绸缪。

钟声一及时，顷刻不少留。

虽有万钧柁，动如绕指柔。

岂无打头风？亦不畏石尤。

送者未及返，君在天尽头。

望影倏不见，烟波杳悠悠。

去矣一何速？归定留滞不。

所愿君归时，快乘轻气球。

（其二）

朝寄平安语，暮寄相思字。
驰书迅已极，云是君所寄。
既非君手书，又无君默记。
虽署花字名，知谁箝缗尾？
寻常并坐语，未遽悉心事。
况经三四译，岂能达人意？
只有班班墨，颇似临行泪。
门前两行树，离离到天际。
中央亦有丝，有丝两头系。
如何君寄书，断续不时至？
每日百须臾，书到时有几？
一息不相闻，使我容颜悴。
安得如电光，一闪至君旁？

（其三）

开函喜动色，分明是君容。
自君镜奁来，入妾怀袖中。
临行剪中衣，是妾亲手缝。
肥瘦妾自思，今昔得毋同？
自别思见君，情如春酒浓。
今日见君面，仍觉心忡忡。

揽镜妾自照，颜色桃花红。
开箧持赠君，如与君相逢。
妾有钗插鬟，君有襟当胸。
双悬可怜影，汝我长相从。
虽则长相从，别恨终无穷。
对面不解语，若隔山万重。
自非梦来往，密意何由通？

（其四）

汝魂将何之？欲与君追随。
飘然渡沧海，不畏风波危。
昨夕入君室，举手搴君帷。
披帷不见人，想君就枕迟。
君魂倘寻我，会面亦难期。
恐君魂来日，是妾不寐时。
妾睡君或醒，君睡妾岂知？
彼此不相闻，安怪常参差。
举头见明月，明月方入扉。
此时想君身，侵晓刚披衣。
君在海之角，妾在天之涯。
相去三万里，昼夜相背驰。
眠起不同时，魂梦难相依。

地长不能缩，翼短不能飞。
只有恋君心，海枯终不移。
海水深复深，难以量相思。

酬曾重伯编修

废君一月官书力，读我连篇新派诗。
风雅不亡由善作，光丰之后益矜奇。
文章巨蟹横行日，世变群龙见首时。
手撷芙蓉策虬驷，出门惘惘更寻谁？

夜起

千声檐铁百淋铃，雨横风狂暂一停。
正望鸡鸣天下白，又惊鹅击海东青。
沉阴噎噎何多日，残月晖晖尚几星。
斗室苍茫吾独立，万家酣睡几人醒？

夜饮

长风吹月过江来，照我华堂在手杯。
莫管阴晴圆缺事，尽欢三万六千回。

海行杂感

星星世界遍诸天，不计三千与大千。
倘亦乘槎中有客，回头望我地球圆。

香港感怀（十首）

（其一）

弹指楼台现，飞来何处峰？
为谁刘黎藋，遍地出芙蓉。
方丈三神地，诸侯百里封。
居然成重镇，高垒矗狼烽。

（其二）

岂欲珠崖弃，其如城下盟。
帆樯通万国，壁垒逼三城。
虎穴人雄据，鸿沟界未明。
传闻哀痛诏，犹洒泪纵横。

（其三）

酋长虬髯客，豪商碧眼胡。
金轮铭武后，宝塔礼耶稣。
火树银花耀，毡衣绣缕铺。
五丁开凿后，欲界亦仙都。

（其四）

盗喜逋逃薮，兵夸曳落河。
官尊大呼药，客聚众娄罗。

王面镌金宝，蛮腰跨革靴。
斑阑衣服异，关吏莫谁何。

（其五）

沸地笙歌海，排山酒肉林。
连环屯万室，尺土过千金。
民气多羶行，夷言学鸟音。
黄标千万积，翻讶屋沉沉。

（其六）

便积金如斗，能从聚窟消。
蛮云迷宝髻，脂夜荡花妖。
龙女争盘镜，鲛人斗织绡。
珠帘春十里，难遣可怜宵。

（其七）

《博物》张华志，千间广厦开。
摩挲铜狄在，怅望宝山回。
大鸟如人立，长鲸跋浪来。
官山还府海，人力信雄哉！

（其八）

流水游龙外，平波又画桡。
佛犹夸国乐，奴亦挟天骄。
御气毯千尺，驰风马百骁。
街弹巡赤棒，独少市声嚣。

（其九）

指北黄龙饮，从西天马来。
飞轮齐鼓浪，祝炮日鸣雷。
中外通喉舌，纵横积货财。
登高遥望海，大地故恢恢。

（其十）

遣使初求地，高皇全盛时。
六州谁铸错？一恸失燕脂。
凿空蚕丛辟，嘘云蜃气奇。
山头风猎猎，犹自误龙旗。

和钟西耘庶常德祥津门感怀诗（八首）

（其一）

狼朊遗种等高车，万族相从到尾闾。
魑魅入林逢不若，蛤蟆吞月鉴方诸。

昔闻鞣鞨歌西乐，今见佉卢制左书。
始受一廛壕镜地，有明师早漏多鱼。

（其二）

六月中兴赋《出车》，金陵王气复充闾。
华夷共主皆思服，尧舜如天尚病诸。
荡寇重编归汉里，和戎难下绝秦书。
只应文物开王会，珥笔曾夸太史鱼。

（其三）

八荒无事息兵车，七叶讴吟洽里闾。
岂谓浮云变苍狗，竟教明月蚀詹诸。
骊山烽火成焦土，牛耳牲盘捧载书。
秋草木兰驰道静，白龙微服记为鱼。

（其四）

雷动星驰入贡车，舌人环列护爻闾。
但占风雨都来享，偶断苞茅便问诸。
宅北曾分羲仲命，绥南远赐赵佗书。
盟津八百争朝会，犹记征祥纪白鱼。

（其五）

电掣重轮走水车，风行千里献比闾。
移山未要嗤愚叟，捧土真能塞孟诸。
黑齿雕题征鬼箓，赤文绿字诩天书。
寻常弓矢疑堪用，闻道潮人驱鳄鱼。

（其六）

鸾声阁道碾安车，元老相从话踦闾。
未雨绸缪彻桑土，御冬旨蓄备桃诸。
借筹幸辟同文馆，警鼓惊传奔命书。
相戒鲂鳏休出入，吞声私泣过河鱼。

（其七）

东西南北走舟车，虎穴惊看插邑闾。
七万里戎来集此，五千年史未闻诸。
考工述物搜奇字，鬼谷尊师发秘书。
教训十年民力盛，倘排犀手射鲸鱼。

（其八）

执梃降王走传车，先擒月爱后东闾。
难言赤狄初何种，终痛庭坚祀忽诸。
两帝东西争战国，九州大小混方书。

喁喁鹣鲽来无路，久已纵横海大鱼。

羊城感赋（六首）

（其一）

早潮晚汐打城门，玉漏声催铜鼓喧。
百货均输成剧邑，五方风气异中原。
舵舟舆轿山川险，帕首靴刀府帅尊。
今古茫茫共谁语，越王台下正黄昏。

（其二）

手挽三江尽北流，寇氛难洗越人羞。
黄巢毒竟流天下，陶侃军难进石头。
铤鹿偶然完首尾，烂羊多赖得公侯。
欃枪扫尽红羊换，从此当朝息内忧。

（其三）

际海边疆万里开，臣佗大长信奇才。
平蛮看竖擎天柱，朝汉同登浴日台。
南极星辰原北拱，东流海水竟西回。
喁喁鹣鲽波涛阻，独有联翩天马来。

（其四）

慷慨争挥壮士戈，洗兵竟欲挽天河。

苦烦父老通邛笮，难禁奸民教尉佗。

祆庙火焚氛更恶，鲛人珠尽泪犹多。

纷纷和战都非策，聚铁虽坚奈错何！

（其五）

战台祠庙岿然存，双阙嵯峨耸虎门。

谁似伏波饶将略？犹闻蹈海报君恩。

要荒又议珠崖弃，霸业弥思橐屋尊。

最是凋零苏武节，无人海外赋《招魂》！

（其六）

木棉花落絮飞初，歌舞冈前夜雨余。

阁道莺声都寂寞，市楼蜃气亦空虚。

骑羊漫诩仙人鹤，驱鳄难除海大鱼。

独有十三行外柳，重重深护画搂居。

《时局图》题诗

沉沉酣睡我中华，哪知爱国即爱家。

国民知醒宜今醒，莫待土分裂似瓜。

徐锡麟

出塞

军歌应唱大刀环，
誓灭胡奴出玉关。
只解沙场为国死，
何须马革裹尸还。

张维屏

新雷

造物无言却有情，每于寒尽觉春生。
千红万紫安排著，只待新雷第一声。

三元里

三元里前声若雷，千众万众同时来。
因义生愤愤生勇，乡民合力强徒摧。
家室田庐须保卫，不待鼓声群作气。
妇女齐心亦健儿，犁锄在手皆兵器。
乡分远近旗斑斓，什队百队沿溪山。
众夷相视忽变色，黑旗死仗难生还。
夷兵所恃惟枪炮，人心合处天心到。
晴空骤雨忽倾盆，凶夷无所施其暴。
岂特火器无所施，夷足不惯行滑泥。

下者田塍苦踯躅，高者冈阜愁颠挤。
中有夷酋貌尤丑，象皮作甲裹身厚。
一戈已揕长狄喉，十日犹悬郅支首。
纷然欲遁无双翅，歼厥渠魁真易事。
不解何由巨网开，枯鱼竟得攸然逝。
魏绛和戎且解忧，风人慷慨赋同仇，
如何全盛金瓯日，却类金缯岁币谋。

三将军歌并序

三将军者，陈公连升、陈公化成、葛公云飞也。道光庚子、辛丑、壬寅，三公皆以御夷寇、力战殁于阵。余闻人述三公事，作三将军歌。

三将军，一姓葛、两姓陈，捐躯报国皆忠臣。
英夷犯粤寇氛恶，将军奉檄守沙角。
奋前击贼贼稍却，公奋无如兵力弱。
凶徒蜂拥向公扑，短兵相接乱刀落。
乱刀斫公肢体分，公体虽分神则完。
公子救父死阵前，父子两世忠孝全。
陈将军，有贤子；葛将军，有贤母。
子随父死不顾身，母闻子死数点首。
夷犯定海公守城，手轰巨炮烧夷兵。

夷兵入城公步战，炮洞公胸刀劈面。
一目劈去斗犹健，面血淋漓贼惊叹。
夜深雨止残月明，见公一目犹怒瞪，
尸如铁立僵不倒，负公尸归有徐保。
陈将军，福建人。
自少追随李忠毅，身经百战忘辛勤。
英夷犯上海，公守西炮台。
以炮击夷兵，夷兵多伤摧。
公方血战至日旰，东炮台兵忽奔散。
公势既孤贼愈悍，公口喷血身殉难。
十日得尸色不变，千秋祀庙吴人建。
我闻人言为此诗，言非一人同一辞。
死夷事者不止此，阙所不知诗亦史。
承平武备皆具文，勇怯真伪临阵分。
天生忠勇超人群，将才孰谓今无人？
呜呼将才孰谓今无人，君不见二陈一葛三将军！

龚自珍

己亥杂诗

（其五）

浩荡离愁白日斜，吟鞭东指即天涯。
落红不是无情物，化作春泥更护花。

（其八）

太行一脉走蝹蜿，莽莽畿西虎气蹲。
送我摇鞭竟东去，此山不语看中原。

（其八十三）

只筹一缆十夫多，细算千艘渡此河。
我亦曾糜太仓粟，夜闻邪许泪滂沱！

（五月十二日抵淮埔作）

（其八十七）

故人横海拜将军，侧立南天未蒇勋。

我有阴符三百字，蜡丸难寄惜雄文。

（其一百二十五）

九州生气恃风雷，万马齐喑究可哀。

我劝天公重抖擞，不拘一格降人才。

（其一百三十）

陶潜酷似卧龙豪，万古浔阳松菊高；

莫信诗人竟平淡，二分梁甫一分骚。

远志

九边烂数等雕虫，远志真看小草同。

枉说健儿身在手，青灯夜雪阻山东。

梦中作四绝句

（其二）

黄金华发两飘萧，六九童心尚未消。

叱起海红帘底月，四厢花影怒于潮。

又忏心一首

佛言劫火遇皆销，何物千年怒若潮。
经济文章磨白昼，幽光狂慧复中宵。
来何汹涌须挥剑，去尚缠绵可付箫。
心药心灵总心病，寓言决欲就灯烧。

夜坐（二首）

（其一）

春夜伤心坐画屏，不如放眼入青冥。
一山突起丘陵妒，万籁无言帝座灵。
塞上似腾奇女气，江东久殒少微星。
从来不蓄湘累问，唤出嫦娥诗与听。

（其二）

沉沉心事北南东，一睨人材海内空。
壮岁始参周史席，髫年惜堕晋贤风。
功高拜将成仙外，才尽回肠荡气中。
万一禅关砉然破，美人如玉剑如虹。

赋忧患

故物人寰少，犹蒙忧患俱。
春深恒作伴，宵梦亦先驱。

不逐年华改，难同逝水徂。
多情谁似汝？未忍托禳巫。

西郊落花歌

西郊落花天下奇，古人但赋伤春诗。
西郊车马一朝尽，定庵先生沽酒来赏之。
先生探春人不觉，先生送春人又嗤。
呼朋亦得三四子，出城失色神皆痴。
如钱塘潮夜澎湃，如昆阳战晨披靡；
如八万四千天女洗脸罢，齐向此地倾胭脂。
奇龙怪凤爱漂泊，琴高之鲤何反欲上天为？
玉皇宫中空若洗，三十六界无一青蛾眉。
又如先生平生之忧患，恍惚怪诞百出无穷期。
先生读书尽三藏，最喜维摩卷里多清词。
又闻净土落花深四寸，瞑目观赏尤神驰。
西方净国未可到，下笔绮语何漓漓！
安得树有不尽之花更雨新好者，三百六十日长是落花时。

逆旅题壁，次周伯恬原韵

名场阅历莽无涯，心史纵横自一家。
秋气不惊堂内燕，夕阳还恋路旁鸦。
东邻嫠老难为妾，古木根深不似花。

何日冥鸿踪迹遂，美人经卷葬年华。

咏史

金粉东南十五州，万重恩怨属名流。
牢盆狎客操全算，团扇才人踞上游。
避席畏闻文字狱，著书都为稻粱谋。
田横五百人安在，难道归来尽列侯？

秋心三首

（其一）

秋心如海复如潮，但有秋魂不可招。
漠漠郁金香在臂，亭亭古玉佩当腰。
气寒西北何人剑，声满东南几处箫。
斗大明星烂无数，长天一月坠林梢。

（其二）

忽筮一官来阙下，众中俯仰不材身。
新知触眼春云过，老辈填胸夜雨沦。
天问有灵难置对，阴符无效勿虚陈。
晓来客籍差夸富，无数湘南剑外民。

（其三）

我所思兮在何所，胸中灵气欲成云。

槎通碧汉无多路，土蚀寒花又此坟。

某水某山埋姓氏，一钗一佩断知闻。

起看历历楼台外，窈窕秋星或是君。

魏源

寰海十章

（其四）

谁奏中宵秘密章，不成荣虢不汪黄？
已闻狐鼠神丛托，那望鲸鲵澥渤攘。
功罪三朝云变幻，战和两议镬冰汤。
安邦只是诸刘事，绛灌何能赞塞防。

（其九）

城上旌旗城下盟，怒潮已作落潮声。
阴凝阳战玄黄血，电挟雷攻水火并。
鼓角岂真天上降？琛珠合向海王倾。
全凭宝气销兵气，此夕蛟宫万丈明。

（其十）

同仇敌忾士心齐，呼市俄闻十万师。
几获雄狐来庆郑，谁开柙兕祸周遗？
前时但说民通寇，此日翻看吏纵夷。
早用秦风修甲戟，条支海上哭鲸鲕。

寰海后十章

（其八）

曾闻兵革话承平，几见承平话战争？
鹤尽羽书风尽檄，儿谈海国婢谈兵。
梦中疏草苍生泪，诗里莺花稗史情。
官匪拾遗休学社，徒惊绛灌汉公卿。

吉鸿昌

就义诗

恨不抗日死，留作今日羞。
国破尚如此，我何惜此头。

诗一首

渴饮美龄血，饥餐介石头。
归来报命日，恢复我神州。

宁调元

壬子感事四章

塞上秋高马渐肥，将军推食复推衣。
高楼西北腾奇气，大海东南露国徽。
此去似怜乌鹊意，我来不见木棉飞。
十年一事生差幸，眼看征人奏凯归。

清明忆亡友姚宏业

望渺渺兮隔海溟，鲸鲵未斩浪花腥。
杜鹃啼血千山紫，春草连烟万里青。
百二山河同败絮，两三亲友各飘萍。
伤心又过清明节，樽酒招魂何处汀？

燕京杂诗

（其一）

河山元气入残秋，感慨时艰涕暗流。

灾异江都曾作赋，功名李广不宜侯。
凤凰可惜供鹰犬，骐骥偏令作马牛。
意志新来摧折尽，人间何处可埋愁。

（其二）

弦管燕京三月天，风沙扑面若为怜。
鹍鹏溟北思千里，鸡犬淮南尽九天。
傀儡渐凭樽酒尽，佯狂差较世人贤。
万般迷误能排解，益信空华在眼前。

（其三）

求田问舍亦徒然，来日无憀去日闲。
为鬼为蜮将一世，不飞不鸣已三年。
巴蛇渐长期吞象，蜀帝从今定化鹃。
容易河阳丝两鬓，妇人醇酒未应怜。

感怀

十年前是一重囚，也逐欧风唱自由。
复九世仇盟玉帛，提三尺剑奠金瓯。
丈夫有志当如是，竖子诚难足与谋。
愿播热血高万丈，雨飞不住注神州。

用东坡狱中遗子由韵寄约真长沙

化工著手竟成春，万死一生未了身。
不分螟蛉争卧榻，徒令鹬蚌饱渔人。
庭前聚散都缘命，枕上闻鹃定损神。
从古盛名多坎坷，试凭后果证前因。

八月十五夜漫书一律

玉宇琼楼最高处，一天霾雾拨难开。
只怜玄兔千年冷，不见灵槎八月来。
身世飘蓬眼中涕，山河破甑劫馀灰。
人生半世团圆梦，输与月明第几回。

游白云归，感赋四律，并柬同游诸子

夜气萧森十里堤，出门可有上天梯？
神仙传里新鸡犬，粉墨场中假笑啼。
旧雨伤心如此别，好花过眼莫重提。
昨宵身在能仁寺，似听秋声过隔溪。

李叔同

夜泊塘沽

杜宇声声归去好，天涯何处无芳草。

春来春去奈愁何，流光一霎催人老。

新鬼故鬼鸣喧哗，野火燐燐树影遮。

月似解人离别苦，清光减作一钩斜。

遇风愁不成寐（并序）

到津次夜，大风怒吼，金铁皆鸣，愁不成寐

世界鱼龙混，天心何不平？

岂因时事感，偏作怒号声。

烛尽难寻梦，春寒况五更。

马嘶残月堕，笳鼓万军营。

感时

杜宇啼残故国愁，虚名况敢望千秋。
男儿若论收场好，不是将军也断头。

津门清明

一杯浊酒过清明，肠断樽前百感生。
辜负江南好风景，杏花时节在边城。

赠津中同人

千秋功罪公评在，我本红羊劫外身。
自分聪明原有限，羞将事后论旁人。

登轮感赋

感慨沧桑变，天边极目时。
晚帆轻似箭，落日大如箕。
风倦旌旗走，野平车马驰。
河山悲故国，不禁泪双垂。

轮中枕上闻歌口占

子夜新声碧玉环，可怜肠断念家山。
劝君莫把愁颜破，西望长安人未还。

醉时

醉时歌哭醒时迷，甚矣吾衰慨凤兮。
帝子祠前芳草绿，天津桥上杜鹃啼。
空梁落月窥华发，无主行人唱大堤。
梦里家山渺何处，沉沉风雨暮天西。

茶花女遗事演后感赋

东邻有女背伛偻，西邻有女犹含羞。
蟪蛄宁识春与秋，金莲鞋子玉搔头。
誓度众生成佛果，为现歌台说法身。
孟旃不作吾道绝，中原滚地皆胡尘。

书愤

文采风流上座倾，眼中竖子遂成名！
某山某水留奇迹，一草一花是爱根。
休矣著书俟赤乌，悄然挥扇避青蝇。
众生何用干霄哭，隐隐朝廷有笑声。

春风

春风几日落红堆，明镜明朝白发摧。
一颗头颅一杯酒，南山猿鹤北山莱。
秋娘颜色娇欲语，小雅文章凄以哀。

昨夜梦游王母国，夕阳如血染楼台。

昨夜

昨夜星辰人倚楼，中原咫尺山河浮。

沉沉万绿寂不语，梨华一枝红小秋。

初梦

鸡犬无声天地死，风景不殊山河非。

妙莲华开大尺五，弥勒松高腰十围。

恩仇恩仇若相忘，翠羽明珠绣裲裆。

隔断红尘三万里，先生自号水仙王。

七月七夕在谢秋云妆阁有感，诗以谢之

风风雨雨忆前尘，悔煞欢场色相因。

十日黄花愁见影，一弯眉月懒窥人。

冰蚕丝尽心先死，故国天寒梦不春。

眼前大千皆泪海，为谁惆怅为谁颦

秋瑾

对酒

不惜千金买宝刀，貂裘换酒也堪豪。
一腔热血勤珍重，洒去犹能化碧涛。

赤壁怀古

潼潼水势向江东，此地曾闻用火攻。
怪道侬来凭吊日，岸花焦灼尚余红。

去常德舟中感赋

一出江城百感生，论交谁可并汪伦？
多情不若堤边柳，犹是依依远送人。

闻一多

死水

这是一沟绝望的死水，
清风吹不起半点漪沦。
不如多扔些破铜烂铁，
爽性泼你的剩菜残羹。

也许铜的要绿成翡翠，
铁罐上绣出几瓣桃花；
再让油腻织一层罗绮，
霉菌给他蒸出些云霞。

让死水酵成一沟绿酒，
漂满了珍珠似的白沫；
小珠们笑声变成大珠，

又被偷酒的花蚊咬破。

那么一沟绝望的死水，
也就夸得上几分鲜明。
如果青蛙耐不住寂寞，
又算死水叫出了歌声。

这是一沟绝望的死水，
这里断不是美的所在，
不如让给丑恶来开垦，
看他造出个什么世界。

发现

我来了，我喊一声，迸着血泪，
“这不是我的中华，不对，不对！”
我来了，因为我听见你叫我；
鞭着时间的罡风，擎一把火，
我来了，不知道是一场空喜。
我会见的是噩梦，那里是你？
那是恐怖，是噩梦挂着悬崖，
那不是你，那不是我的心爱！
我追问青天，逼迫八面的风，

我问，（拳头擂着大地的赤胸）
总问不出消息；
我哭着叫你，
呕出一颗心来——在我心里！

祈祷

请告诉我谁是中国人，
启示我，如何把记忆抱紧；
请告诉我这民族的伟大，
轻轻的告诉我，不要喧哗！

请告诉我谁是中国人，
谁的心里有尧舜的心，
谁的血是荆轲聂政的血，
谁是神农黄帝的遗孽。

告诉我那智慧来得离奇，
说是河马献来的馈礼；
还告诉我这歌声的节奏，
原是九苞凤凰的传授。

请告诉我戈壁的沉默，

和五岳的庄严？又告诉我
泰山的石霤还滴着忍耐，
大江黄河又流着和谐？

再告诉我，那一滴清泪
是孔子吊唁死麟的伤悲？
那狂笑也得告诉我才好——
庄周，淳于髡，东方朔的笑。

请告诉我谁是中国人，
启示我，如何把记忆抱紧；
请告诉我这民族的伟大，
轻轻的告诉我，不要喧哗！

一句话

有一句话说出就是祸，
有一句话能点得着火，
别看五千年没有说破，
你猜得透火山的缄默？
说不定是突然着了魔，
突然青天里一个霹雳
爆一声：

"咱们的中国!"

这话叫我今天怎样说?
你不信铁树开花也可,
那么有一句话你听着:
等火山忍不住了缄默;
不要发抖,伸舌头,顿脚,
等到青天里一个霹雳
爆一声:
"咱们的中国!"

奇迹

我要的本不是火齐的红,或半夜里
桃花潭水的黑,也不是琵琶的幽怨,
蔷薇的香,我不曾真心爱过文豹的矜严,
我要的婉娈也不是任何白鸽所有的。
我要的本不是这些,而是这些的结晶,
比这一切更神奇得万倍的一个奇迹!
可是,这灵魂是真饿得慌,我又不能
让他缺着供养,那么,既便是糟糠,
你也得募化不是?天知道,我不是
甘心如此,我并非倔强,亦不是愚蠢,

我是等你不及，等不及奇迹的来临！
我不敢让灵魂缺着供养，谁不知道
一树蝉鸣，一壶浊酒，算得了什么，
纵提到烟峦，曙壑，或更璀璨的星空，
也只是平凡，最无所谓的平凡，犯得着
惊喜得没注意，喊着最动人的名儿，
恨不得黄金铸字，给装在一支歌里？
我也说但为一阕莺歌便噙不住眼泪
那未免太支离，太玄了，简直不值当。
谁晓得，我可不能那样：这心是真
饿得慌，我不能不节省点，把藜藿
权当作膏粱。
可也不妨明说只要你——
只要奇迹露一面，我马上就抛弃平凡，
我再不瞅着一张霜叶梦想春花的艳，
再不浪费这灵魂的膂力，剥开顽石
来诛求白玉的温润，给我一个奇迹，
我也不再去鞭挞着“丑”，逼他要
那分背面的意义；实在我早厌恶了
这些勾当，这附会也委实是太费解了。
我只要一个明白的字，舍利子似的闪着
宝光，我要的是整个的，正面的美。

我并非倔强，亦不是愚蠢，我不会看见
团扇，悟不起扇后那天仙似的人面。
那么，
我便等着，不管等到多少轮回以后——
既然当初许下心愿，也不知道是在多少
轮回以前——我等，我不抱怨，只静候着
一个奇迹的来临。总不能没有那一天。
让雷来劈我，火山来烧，全地狱翻起来
扑我……害怕吗？你放心，反正罡风
吹不熄灵魂的灯，愿这蜕壳化成灰烬，
不碍事，因为那，那便是我的一刹那，
一刹那的永恒——一阵异香，最神秘的
肃静，（日，月，一切星球的旋动早被
喝住，时间也止步了）最浑圆的和平……
我听见阊阖的户枢砉然一响，
传来一片衣裙的窸窣——那便是奇迹——
半启的金扉中，一个戴着圆光的你！

太平洋舟中见一明星

鲜艳的明星哪！——
太阴的嫡裔，
月儿同胞的小妹——

你是天仙吐出的玉唾，
溅在天边？
还是鲛人泣出的明珠，
被海涛淘起？
哦！我这被单调的浪声
摇睡了的灵魂，

昏昏睡了这么久，
毕竟被你唤醒了哦，
灿烂的宝灯啊！
我在昏沉的梦中，
你将我唤醒了，
我才知道我已离了故乡，
贬斥在情爱的边徼之外——
飘簸在海涛上的一枚钓饵。
你又唤醒了我的大梦——
梦外包着的一层梦！
生活呀！苍茫的生活呀！
也是波涛险阻的大海哟！
是情人的眼泪的波涛，
则壮士的血液的波涛。
鲜艳的星，光明的结晶啊！

生命之海中的灯塔！

照着我罢！照着我罢！

不要让我碰了礁滩！

不要许我越了航线；

我自要加进我的一勺温泪，

教这泪海更咸；

我自要倾出我的一腔热血，

教这血涛更鲜！

国手

爱人啊！你是个国手，

我们来下一盘棋；

我的目的不是要赢你，

但只求输给你——

将我的灵和肉

输得干干净净！

宇宙

宇宙是个监狱，

但是个模范监狱；

他的目的在革新，

并不在惩旧。

青春

青春象只唱着歌的鸟儿，
已从残冬窟里闯出来，
驶入宝蓝的穹窿里去了。
神秘的生命，
在绿嫩的树皮里膨胀着，
快要送出带鞘子的，
翡翠的芽儿来了。
诗人呵！揩干你的冰泪，
快预备着你的歌儿，
也赞美你的苏生罢！

十一年一月二日作

哎呀！自然的太失管教的骄子！
你那内蕴的灵火！不是地狱的毒火，
如今已经烧得太狂了，
只怕有一天要爆裂了你的躯壳。
你那被爱蜜饯了的肥心，人们讲，
本是为滋养些嬉笑的花儿的，
如今却长满了愁苦的荆棘——
他的根已将你的心越捆越紧，越缠越密。

上帝啊！这到底是什么用意？

唉！你（只有你）真正了解生活的秘密，

你真是生活的唯一的知己，

但生活对你偏是那样地凶残：

你看！又是一个新年——好可怕的新年！——

张着牙戟齿锯的大嘴招呼你上前；

你退既不能，进又白白地往死嘴里钻！

高步远跖的命运，

从时间的没究竟的大道上踱过；

我们无足轻重的蚁子，

糊里糊涂地忙来忙去，不知为什么，

忽地里就断送在他的脚跟的……

但是，那也对啊！……死！你要来就快来，

快来断送了这无边的痛苦！

哈哈！死，你的残忍，乃在我要你时，你不来，

如同生，我不要他时，他偏存在！

花儿开过了

花儿开过了，果子结完了：

一春的香雨被一夏的骄阳炙干了，

一夏的荣华被一秋的馋风扫尽了。

如今败叶枯枝，便是你的余剩了。

天寒风紧，冻哑了我的心琴；
我惯唱的颂歌如今竟唱不成。
但是，且莫伤心，我的爱，
琴弦虽不鸣了，音乐依然在。
只要灵魂不灭，记忆不死，纵使
你的荣华永逝（这原是没有的事），
我敢说那已消的春梦的余痕，
还永远是你我的生命的生命！
况且永继的荣花，顿刻的凋落——
两两相形，又算得了些什么？
今秋的假眠，也不过是明春的
更烈的生命所必需的休息。
所以不怕花残，果烂，叶败，枝空，
那缜密的爱的根网总不一刻放松；
他总是绊着，抓着，咬着我的心，
他要抽尽我的生命供给你的生命！
爱啊！上帝不曾因青春的暂退，
就要将这个世界一齐捣毁，
我也不曾因你的花儿暂谢，
就敢失望，想另种一朵来代他！

失败

从前我养了一盆宝贵的花儿，
好容易孕了一个苞子，
但总是半含半吐的不肯放开。
我等发了急，硬把他剥开了，
他便一天萎似一天，萎得不像样了。
如今我要他再关上不能了。
我到底没有看见我要看的花儿！
从前我做了一个稀奇的梦，
我总嫌他有些太模糊了，
我满不介意，让他震破了；
我醒了，直等到月落，等到天明，
重织一个新梦既织不成，
便是那个旧的也补不起来了。
我到底没有做好我要做的梦！

二月庐

面对一幅淡山明水的画屏，
在一块棋盘似的稻田边上，
蹲着一座看棋的瓦屋——
紧紧地被捏在小山的拳心里。
柳荫下睡着一口方塘；

聪明的燕子——伊唱歌儿
偏找到这里，好听着水面的
回声，改正音调的错儿。
燕子！可听见昨夜那阵冷雨？
西风的信来了，催你快回去。
今年去了，明年，后年，后年以后，
一年回一度的还是你吗？
啊？你的爆裂得这样音响，
迸出些什么压不平的古愁！
可怜的鸟儿，你诉给谁听？
那知道这个心也碎了哦！

雪

夜散下无数茸毛似的天花，
织成一片大氅，
轻轻地将憔悴的世界，
从头到脚地包了起来；
又加了死人一层殓衣。
伊将一片鱼鳞似的屋顶埋起了，
却总埋不住那屋顶上的青烟缕。
啊！缕缕蜿蜒的青烟啊！
仿佛是诗人向上的灵魂，

穿透自身的躯壳：直向天堂迈往。
高视阔步的风霜蹂躏世界，
森林里抖颤的众生争斗多时，
最末望见伊的白氅，
都欢声喊着："和平到了！奋斗成功了！
这不是冬投降的白旗吗？"

雨夜

几朵浮云，仗着雷雨的势力，
把一天的星月都扫尽了。
一阵狂风还喊来要捉那软弱的树枝，
树枝拼命地扭来扭去，
但是无法躲避风的爪子。
凶狠的风声，悲酸的雨声——
我一壁听着，一壁想着；
假使梦这时要来找我，
我定要永远拉着他，不放他走；
还剜出我的心来送他作贽礼，
他要收我作个莫逆的朋友。
风声还在树里呻吟着，
泪痕满面的曙天白得可怕，
我的梦依然没有做成。

哦！原来真的已被我厌恶了，
假的就没他自身的尊严吗？

园内

（序曲）

你开始唱着园内之“昨日”，
请唱得像玉杯跌得粉碎，
血色的酒浆溅污了满地；
然后模拟掌中的细沙，
从指缝之间溜出的声响。

你若唱到园内之“今日”，
当唱得像似一溪活水，
在旭日光中淙淙流去；
或如塾里总角的学童，
走珠似地背诵他的课本。

你若会唱园内之“明日”，
你当想起我们紫白的校旗，
你便唱出风旗飘舞的节奏；
最末，避席起立，额手致敬，
你又须唱得像军乐交鸣。

（一）

寂寥封锁在园内了，
风扇不开的寂寥，
水流不破的寂寥。
麻雀呀！叫呀，叫呀！
放出你那箭镝似的音调，
射破这坚固的寂寥！
但是雀儿终于叫不出来，
寂寥还封锁在园内。

在这沉闷的寂寥里，
雨水泡着的朱扉，
才剩下些银红的霞晕：
雨水洗尽了昨日的光荣。
在这沉闷的寂寥里，
金黄釉的琉璃瓦，
是条死龙的残鳞败甲，
飘零在四方上下。

在这阴霾的寂寥里，
大理石、云母石、青琅、汉白玉，

龟坼的阶墀、矢折的栏柱……
纵横地卧在蓬蒿丛里，
像是曝在沙场上的战骨。
在这悲酸的寂寥里，
长发的柳树还像宫妃，
瞰在胶凝的池边饮泣，饮泣……

半醒的蜗牛在败壁上，
拖出了颠斜错杂的篆文，
仿佛一页写错了的历史。

在这恐怖的寂寥里，
尪瘠的月儿常挂在松枝上，
像煞一个缢死的僵尸：
在这恐怖的寂寥里，
疯魔的月儿在松枝上缢死。
在这无聊的寂寥里，
坍碎了的王宫变成一座土地庙：
颤怯的农夫鬼物似的，
悄悄地溜进园业，
悄悄地烧了香，磕了头，
又悄悄地溜出园去……

寂寥又封锁在园内了。

寂寥封锁在园内了；
风扇不开的寂寥……
一切都是沉闷阴霾，
一切都是悲酸恐怖，
一切都是百无聊赖。

（二）

好了！新生命胎动了！
寂寥的园内生了瑞芝，
紫的灵芝，白的灵芝，
妆点了神秘的芜园。
灵芝生了，新生命来了！

好了，活泼泼的少年
摩肩接踵地挤进园里来了。
饿着脑筋，烧着心血，
紧张着肌肉的少年，
从长城东头，穿过山海关，
裹着件大氅，跑进园里来了；
从长城西尾，穿过潼关，

坐在驴车里拉进园里来了。

从三峡的湍流里救出的少年，
病恹恹地踱进园里来了；
漂过了南海，漂过了东海，
漂过了黄海，漂过了渤海的少年，
摇着团罗扇，闯进园里来了；
风流倜傥的少年，
碧衫儿荡着西湖的波色，
翩翩然飘进园来了。

少年们来了，灵芝生满园里内，
一切只是新鲜，一切只是明媚，
一切只是希望，一切只是努力；
灵芝不断地在园内茁放，
少年们不断地在园内努力。

（三）

于是曙色烘醒了东方，
好像浸渐明晰的思想。
晨鸡叫了，晨星没了，
太阳翻身起来了——

金光镀在紫铜盖的穹窿上，
金光燃在龙鳞似的琉璃瓦上，
金光描在高楼顶的旗杆上，
金光撒在战巍巍的松枝上，

金光吻在少年的桃颊上。
少年在太阳的跸道之旁，
瞻望六龙挽着的云耕发轫，
仿佛诚惶诚恐的村童，
遥望着帝王的法驾西幸，
无限的敬仰，无限的欣羡，
充满了他那蒙稚的心灵。

早起的少年危立在假石山上，
红荷招展在他脚底，
旭日灿烂在他头上，
早起的少年对着新生的太阳
如同对着他的严师，
背诵庄周屈子的鸿文，
背诵沙翁弥氏的巨制。

万籁无声，宇宙在敛息倾听，

驯雀飞下平地来倾听，
金鱼浮上池面来倾听——
少年对着新生的太阳，
背诵着他的生命的课本。

啊！“自强不息”的少年啊！
谁是你的严师！
若非这新生的太阳？

（四）

于是夕阳涨破了西方，
赤血喋染了宇宙——
不是赔偿罪恶的代价，
乃是生命膨胀之溢流。

赤血喋染了宇宙，
细草伸出舌头舐着赤血，
绿杨散开乱发沐着赤血。
喷水池抛开螺钿镶的银链，
吼着要锁住窜游的夕阳；

夕阳跌倒在喷水池中，

池中是一盆鲜明的赤血。
红砖上更红的爬墙虎，

紫茎里迸出赤叶的爬墙虎，
仿佛是些血管胀破了，
迸出了满墙的红血斑。

赤血膨胀了夕阳的宇宙，
赤血膨胀了少年的血管。
少年们在广场上游戏，
球丸在太空里飞腾，
像是九天上跳踉的巨灵，
戏弄着熄了的太阳一样。

少年们踢着熄了的太阳，
少年们抛着熄了的太阳，
少年们顶着熄了的太阳，
少年们抱着熄了的太阳：
生命膨胀了少年的血管，
少年们在戏弄熄了的太阳。
夕阳里喧呼着的少年们，
赤铜铸的筋骨，

赤铜铸的精神，
在戏弄熄了的太阳。

（五）

于是月儿窥进了东园，
宇宙被清光浸满，
宇宙晶凉的海水一般。
宇宙变了清光之海——
银波迸入了窗棂，
银波泛滥了庭院，
银波弥漫了大自然，
宇宙沉沦在海底里。

那里有杨柳？那里有松柏？
这水似的晶蓝的空气中，
只有些曼舞的海藻，
只有些鹄立的铁珊瑚，
拱抱着巍峨的大礼堂，
龙宫似的庄严灿烂。

龙宫的阊阖是黄金锤出的，
龙宫的楹柱是白玉雕成的。

哦，莫不是水国的仙人——
这清空灵幻的少年，
飘摇在龙宫之东，龙宫之西，
那雍容闲雅的少年，
蹓踯在龙宫之南，龙宫之北？

少年浮游在海底里，
浮游在清光之海底里，
清光浸入少年的心里，
清光洗在少年的身外。
涤尽浊垢，饮入清光，
少年便是清光之海。

听啊！那里来的歌声？
莫非就是泣珠的鲛人——
莫非是深深海底的鲛人，
坐在紫黑的巉石龛下，
一壁织着愁思之绡，
一壁唱着缠绵之歌？

啊！如此缠绵的歌声，
唱得海水的晶波战栗，

唱得海树的枝叶飕腥，
唱得少年不能仰首，
唱醒了少年的杳恨冥愁。

少年听了缠绵的歌，
唤起甜蜜蜜的神圣的绝望，
或是热烘烘的玄秘的隐忧，
一种没由来，没目的，
一知半解的少年愁——
为了茫茫的大千宇宙?
为了滔滔的洪水猛兽?
为了闸不住的情绪之流?
还是抛不下锚的生命之舟?

（六）

于是月儿愈渐躲入了西园，
楼房的暗影愈渐伸张弥漫，
列着鹅鹳阵的暗影转战而前，
终于占领了凄凉的庭院。

院中垂头丧气的花木，
是被黑暗拘囚的俘虏；

锁在檐下的紫丁香，

锁在墙脚的迎春柳，

含着露珠儿，含着泪珠儿，

莫不是牛衣对泣的楚囚？

画角哀哀地叫了！

悲壮画角在黑暗里狂吠，

好像激昂的更犬吠着盗贼；

锐利的角声在空中咬着，

咬破了黑暗的魔术，

咬破了少年的美梦，

少年们揎开美梦，跳起榻床，

少年们已和黑暗宣战了。

哦！静夜的角声如何哭了？

将少年的心脏哭融了，

五百个战士的心脏融成一个。

楼上点着蜡烛，

楼下点着蜡烛，

少年们正在会议，

少年们正在努力。

三旗营的铜磬报尽了五更，

报道黑暗的行程将尽，
少年们啊！再点上一支蜡烛，
便撑持过了这黑暗的末路！

曙光回了，新生命又来了！
一切又是新鲜，明媚，
一切又是希望，努力。
饿着脑筋，烧着心血，
紧张着肌肉的少年们，
凭着希望造出了希望；
活泼泼的少年们，
又在园内不断地努力。

（七）

然后有一天园内的昨日，
隐入了蒙昧的历史，
园内的今日取代了昨日。
然后风云扰攘的天宇
终竟彻体澄清了……
雍穆的蔚蓝临照了一切。
无垠的蔚蓝的天宇
衬出了金碧辉煌的楼阁。

焕丽雄伟的楼阁，
像似皇宫帝阙一般——
蓬莱的晓钟鸣了，
文武的千官，戎狄的臣侄，
群在崔嵬的紫宸殿下，
膜拜着文献之王。
肃静森严楼阁
又似佛寺梵宇一般——
上方的暮磬响了，
意志猛似龙象的僧侣们，
群在理智之佛像前，
焚着虔诚的香火。

哦，文献的宫殿啊！
哦，理智的寺观啊！
矗峙在蔚蓝的天宇中，
你是东方华胄的学府！
你是世界文化的盟坛！

（八）

飘啊！紫白参半的旗哟！

飘啊！化作云气飘摇着！
白云扶着的紫气哟！
氲氤在这“水木清华”的景物上，
好让这里万人的眼望着你，
好让这里万人的心向着你！

这里万人还在猛烈地工作，
像园内的苍松一般工作，
伸出他们的理智的根爪，
挖烂了大地的肌腠，
撕裂了大地的骨骼。
将大地的神髓吸取，
好向中天的红日泄吐。

这里万人还在静默地工作，
像园外的西山一般工作，
静默地滋育了草木，
静默地迸溢了温泉，
静默地驮负了浮图御苑；
春夏他沐着雨露的膏泽，
秋冬他戴着霜雪的伤痕，
但他总是在静默中工作。

这里努力工作的万人，

并不像西方式的机械，
大齿轮绾着小齿轮，
全无意识地转动，
全无目的地转动。
但只为他们的理想工作，
为他们四千年来的理想，
古圣先贤的遗训，努力工作。
云气氤氲的校旗呀！
你在百尺高楼上飘摇着，
近瞩京师，远望长城，
你临照着旧中华的脊骸，
你临照着新中华的心脏。
啊！展开那四千年文化的历史，
警醒万人，启示万人，
赐给他们灵感，赐给他们精神！
云气气氤氲的校旗呀！
在东西文化交锋之时，
你又是万人的军旗！
万人肉袒负荆的时间过了，
万人卧薪尝胆的时期过了，

万人要为四千年的文化
与强权霸术决一雌雄!
云气氤氲的校旗呀!
你便是东来的紫气，
你飘出函谷关，向西迈往，
你将挟着我们圣人的灵魂，
弥漫了西土，弥漫了全球!
飘呀!紫白参半的旗呀!
飘呀!化作云气飘摇着!
白云扶着的紫气呀!
氤氲在这“水木清华”的景物上，
莫使这里万人忘了你的意义!
莫使这里万人忘了你的意义!

我是一个流囚

我是个年壮力强的流囚，
我不知道我犯的是什么罪。
黄昏时候，
他们把我推出门外了，
幸福的朱扉已向我关上了，
金甲紫面的门神
举起宝剑来逐我:

我只得闯进缜密的黑暗，
犁着我的道路往前走。
忽地一座壮阁的飞檐，
像只大鹏的翅子
插在浮沤密布的天海上：
字格的窗棂里
泻出醺人的灯光，黄酒一般地酽；
哀宕淫热的竹笙歌，
被激愤的檀板催窘了，
螺旋似地锤进我的心房：
我的身子不觉轻去一半，
仿佛在那孔雀屏前跳舞了。
啊，快乐——严懔的快乐——
抽出他的讥诮的银刀，
把我刺醒了；
哎呀！我才知道——
我是快乐的罪人，
幸福之宫里逐出的流囚，
怎能在这里随便打溷呢？
走罢！再走上那没尽头的黑道罢！
唉！但是我受伤太厉害；
我的步子渐渐迟重了；

我的鲜红的生命，
渐渐染了脚下的枯草！
我是个年壮力强的流囚，
我不知道我犯的是什么罪。

忆菊

（重阳前一日作）

插在长颈的虾青瓷的瓶里，
六方的水晶瓶里的菊花，
钻在紫藤仙姑篮里的菊花；
守着酒壶的菊花，
陪着螯盏的菊花；
未放，将放，半放，盛放的菊花。
镶着金边的绛色的鸡爪菊；
粉红色的碎瓣的绣球菊！
懒慵慵的江西腊哟；
倒挂着一饼蜂窠似的黄心，
仿佛是朵紫的向日葵呢。
长瓣抱心，密瓣平顶的菊花；
柔艳的尖瓣钻蕊的白菊
如同美人的拳着的手爪，
拳心里攫着一撮儿金粟。

檐前，阶下，篱畔，圃心的菊花：
霭霭的淡烟笼着的菊花，
丝丝的疏雨洗着的菊花——

金的黄，玉的白，春酿的绿，秋山的紫，
……
剪秋萝似的小红菊花儿；
从鹅绒到古铜色的菊；
带紫茎的微绿色的“真”菊，
是些小小的玉管儿缀成的，
为的是好让小花神儿
夜里偷去当了笙儿吹着。
大似牡丹的菊王到底奢豪些，
他的枣红色的瓣儿，铠甲似的，
张张都装上银白的里子了；
星星似的小菊花蕾儿
还拥着褐色的萼被睡着觉呢。
啊！自然美的总收成啊！
我们祖国之秋的杰作啊！
啊！东方的花，骚人逸士的花呀！
那东方的诗魂陶元亮，
不是你的灵魂的化身罢？

那祖国的登高饮酒的重九，
不又是你诞生的吉辰吗？
你不像这里的热欲的蔷薇，
那微贱的紫萝兰更比不你。

你是有历史，有风俗的花。
啊！四千年的华胄的名花呀！
你有高超的历史，你有逸雅的风俗！
啊！诗人的花呀！我想起你，
我的心也开成顷刻之花，
灿烂的如同你的一样；
我想起你同我的家乡，
我们的庄严灿烂的祖国，
我的希望之花又开得同你一样。
习习的秋风啊！吹着，吹着！
我要赞美我祖国的花！
我要赞美我如花的祖国！
请将我的字吹成一簇鲜花，
金的黄，玉的白，春酿的绿，秋山的紫，
然后又统统吹散，吹得落英缤纷，
弥漫了高天，铺遍了大地！
秋风啊！习习的秋风啊！

我要赞美我祖国的花！
我要赞美我如花的祖国！

初夏一夜的印象

（一九二二年五月直奉战争时）

夕阳将诗人交付给烦闷的夜了，
叮咛道："把你的秘密都吐给他罢！"
穹窿下洒着些碎了的珠子——
诗人想：该穿成一串挂在死的胸前。
阴风的冷爪子刚扒过饿柳的枯发，
又将池里的灯影儿扭成几道金蛇。
贴在山腰下佝偻得可怕的老柏，
拿着黑瘦的拳头硬和太空挑衅。
失睡的蛙们此刻应该有些倦意了，
但依旧努力地叫着水国的军歌。
个个都吠得这般沉痛，村狗啊！
为什么总骂不破盗贼的胆子？
嚼火漱雾的毒龙在铁梯上爬着，
驮着灰色号衣的战争，吼的要哭了。
铜舌的报更的磬，屡次安慰世界，
请他放心睡去……世界那肯信他哦！
上帝啊！眼看着宇宙糟踏到这样，

可也有些寒心吗？仁慈的上帝哟！

深夜的泪

生波停了掀簸；

深夜啊！——

深默的寒潭！

澈虚的古镜！

行人啊！

回转头来，

照照你的颜容罢！

啊！这般憔悴……

轻柔的泪，

温热的泪，

洗得净这仆仆的征尘？

无端地一滴滴流到唇边，

想是要你尝尝他的滋味；

这便是生活的滋味！

枕儿啊！

紧紧地贴着！

请你也尝尝他的滋味。

唉！若不是你，

这腐烂的骷髅，

往那里靠啊！

更鼓啊！

一声声这般急切；

便是生活的战鼓罢？

唉！擂断了心弦，

搅乱了生波……

战也是死，

逃也是死，

降了我不甘心。

生活啊！

你可有个究竟？

啊！宇宙的生命之酒，

都将酌进上帝的金樽。

不幸的浮沤！

怎地偏酌漏了你呢？

志愿

马路上歌啸的人群

泛滥横流着，

好比一个不羁的青年的意志。

银箔似的溪面一意地

要板了那难看的皱纹。

两岸的绿杨急着
迎接视线到了神秘的尽头？——
原来那里是尽头？
是视线的长度不够！
啊！主呀，我过了那道桥以后，
你将怎样叫我消遣呢？
主啊！愿这腔珊瑚似的鲜血
染得成一朵无名的野花，
这阵热气又化些幽香给他，
好钻进些路人的心里烘着罢！
只要这样，切莫又赏给我
这一副腥秽的躯壳！
主呀！你许我吗？许了我罢！

我是中国人

我是中国人，我是支那人，
我是黄帝的神明血胤；
我是地球上最高处来的，
帕米尔便是我的原籍。
我的种族是一条大河，
我们流下了昆仑山坡，
我们流过了亚洲大陆，

我们流出了优美的风俗。
伟大的民族，伟大的民族！
五岳一般的庄严正肃，
广漠的太平洋底度量，
春云的柔和，秋风的豪放。
我们的历史可以歌唱，
他是尧时老人敲着木壤，
敲出来的太平的音乐——
我们的历史是一首民歌。
我们的历史是一只金罍，
盛着帝王祀天的芳醴！
我们敬人，我们又顺天，
我们是乐天安命的神仙。
我们的历史是一掬清泪，
孔子哀悼死麒麟的泪；
我们的历史是一阵狂笑，
庄周，淳于髡，东方朔的笑。
我是中国人，我是支那人，
我的心里有尧舜的心，
我的血是荆轲聂政的血，
我是神农黄帝的遗孽。
我的智慧来得真离奇，

他是河马献来的馈礼。

我这歌声中的节奏，

原是九苞凤凰的传授。

我心头充满戈壁的沉默，

脸上有黄河波涛的颜色，

泰山的石溜滴成我的忍耐，

峥嵘的剑阁撑出我的胸怀。

我没有睡觉！我没有睡觉！

我心中的灵火还在燃烧；

我的火焰他越烧越燃，

我为我的祖国烧得发颤。

我的记忆还是一根麻绳，

绳上束满了无数的结梗；

一个结子是一桩史事——

我便是五千年的历史。

我是过去五千年的历史，

我是将来五千年的历史。

我要修葺这历史的舞台，

预备排演历史的将来。

我们将来的历史是首歌：

还歌着海晏河清的音乐。

我们将来的历史是杯酒，

又在金罍里给皇天献寿。
我们将来的历史是滴泪，
我的泪洗尽人类的悲哀。
我们将来的历史是声笑，
我的笑驱尽宇宙的烦恼。
我们是一条河，一条天河，
一派浑浑噩噩的光波！——
我们是四万万不灭的明星；
我们的位置永远注定。
伟大的民族！伟大的民族！
我是东方文化的鼻祖；
我的生命是世界的生命。
我是中国人，我是支那人！

舒婷

祖国啊，我亲爱的祖国

我是你河边上破旧的老水车，
数百年来纺着疲惫的歌；
我是你额上熏黑的矿灯，
照你在历史的隧洞里蜗行摸索；
我是干瘪的稻穗；是失修的路基；
是淤滩上的驳船，
把纤绳深深
勒进你的肩膊；
——祖国啊！
我是贫困，
我是悲哀。
我是你祖祖辈辈
痛苦的希望啊，

是“飞天”袖间
千百年来未落在地面的花朵；
——祖国啊！
我是你簇新的理想，
刚从神话的蛛网里挣脱；
我是你雪被下古莲的胚芽；
我是你挂着眼泪的笑涡；
我是新刷出的雪白的起跑线；
是绯红的黎明
正在喷薄；
——祖国啊！
我是你的十亿分之一
是你九百六十万平方的总和；
你以伤痕累累的乳房
喂养了
迷惘的我、深思的我、沸腾的我；
那就从我的血肉之躯上
去取得
你的富饶、你的荣光、你的自由；
——祖国啊，
我亲爱的祖国！

致橡树

我如果爱你——
绝不像攀援的凌霄花，
借你的高枝炫耀自己；
我如果爱你——
绝不学痴情的鸟儿，
为绿荫重复单纯的歌曲；
也不只像泉源，
常年送来清凉的慰藉；
也不只像险峰，
增加你的高度，衬托你的威仪。
甚至日光。
甚至春雨。
不，这些都还不够！
我必须是你近旁的一株木棉，
作为树的形象和你站在一起。
根，紧握在地下，
叶，相触在云里。
每一阵风过，我们都互相致意，
但没有人
听懂我们的言语。
你有你的铜枝铁干，

像刀，像剑，

也像戟；

我有我红硕的花朵，

像沉重的叹息，

又像英勇的火炬。

我们分担寒潮、风雷、霹雳；

我们共享雾霭、流岚、虹霓，

仿佛永远分离，

却又终身相依。

这才是伟大的爱情，

坚贞就在这里：

爱——

不仅爱你伟岸的身躯，

也爱你坚持的位置，足下的土地。

艾青

我爱这土地

假如我是一只鸟，

我也应该用嘶哑的喉咙歌唱：

这被暴风雨所打击着的土地，

这永远汹涌着我们的悲愤的河流，

这无止息地吹刮着的激怒的风，

和那来自林间的无比温柔的黎明……

——然后我死了，

连羽毛也腐烂在土地里面。

为什么我的眼里常含泪水？

因为我对这土地爱得深沉……

给太阳

早晨，我从睡眠中醒来，

看见你的光辉就高兴；
——虽然昨夜我还是困倦，
而且被无数的恶梦纠缠。
你新鲜、温柔、明洁的光辉，
照在我久未打开的窗上，
把窗纸敷上浅黄如花粉的颜色，
嵌在浅蓝而整齐的格影里，
我心里充满感激，从床上起来，
打开已关了一个冬季的窗门，
让你把全金丝织的明丽的台巾，
铺展在我临窗的桌子上。
于是，我惊喜看见你：
这样的真实，不容许怀疑，
你站立在对面的山巅，
而且笑得那么明朗。
我用力睁开眼睛看你，
渴望能捕捉你的形象，
多么强烈，多么恍惚，多么庄严！
你的光芒刺痛我的瞳孔。
太阳啊，你这不朽的哲人，
你把快乐带给人间，
即使最不幸的看见你，

也在心里感受你的安慰。
你是时间的锻冶工，
美好的生活镀金匠；
你把日子铸成无数金轮，
飞旋在古老的荒原上……
假如没有你，太阳，
一切生命将匍匐在阴暗里，
即使有翅膀，也只能像蝙蝠
在永恒的黑夜里飞翔。
我爱你像人们爱他们的母亲，
你用光热哺育我的观念和思想——
使我热情地生活，为理想而痛苦，
直到我的生命被死亡带走。
经历了寂寞漫长的冬季，
今天，我想到山巅上去，
解散我的衣服，赤裸着，
在你的光辉里沐浴我的灵魂……

黎明的通知

为了我的祈愿，
诗人啊，你起来吧，
而且请你告诉他们，

说他们所等待的已经要来，

说我已踏着露水而来，

已借着最后一颗星的照引而来。

我从东方来，

从汹涌着波涛的海上来，

我将带光明给世界，

又将带温暖给人类，

借你正直人的嘴，

请带去我的消息，

通知眼睛被渴望所灼痛的人类，

和远方的沉浸在苦难里的城市和村庄。

请他们来欢迎我，

白日的先驱，光明的使者，

打开所有的窗子来欢迎，

打开所有的门来欢迎，

请鸣响汽笛来欢迎，

请吹起号角来欢迎，

请清道夫来打扫街衢，

请搬运车来搬去垃圾。

让劳动者以宽阔的步伐走在街上吧，

让车辆以辉煌的行列从广场流过吧，

请村庄也从潮湿的雾里醒来，

为了欢迎我打开它们的篱笆，
请村妇打开她们的鸡埘，
请农夫从畜棚牵出耕牛。
借你的热情的嘴通知他们，
说我从山的那边来，从森林的那边来，
请他们打扫干净那些晒场，
和那些永远污秽的天井，
请打开那糊有花纸的窗子，
请打开那贴着春联的门，
请叫醒殷勤的女人，
和那打着鼾声的男子。
请年轻的情人也起来，
和那些贪睡的少女，
请叫醒困倦的母亲，
和他身边的婴孩。
请叫醒每个人，
连那些病者和产妇，
连那些衰老的人们，
呻吟在床上的人们，
连那些因正义而战争的负伤者，
和那些因家乡沦亡而流离的难民。
请叫醒一切的不幸者，

我会一并给他们以慰安。
请叫醒一切爱生活的人，
工人，技师及画家。
请歌唱者唱着歌来欢迎，
用草与露水所渗合的声音，
请舞蹈者跳着舞来欢迎，
披上她们白雾的晨衣。
请叫那些健康而美丽的醒来，
说我马上要来叩打他们的窗门。
请你忠实于时间的诗人，
带给人类以慰安的消息，
请他们准备欢迎，请所有的人准备欢迎，
当雄鸡最后一次鸣叫的时候我就到来。
请他们用虔诚的眼睛凝视天边，
我将给所有期待我的以最慈惠的光辉，
趁这夜已快完了，请告诉他们，
说他们所等待的就要来了。

我的思念是圆的

我的思念是圆的，
八月中秋的月亮，
也是最亮最圆的，

无论山多高，海多宽，
天涯海角都能看见它。
在这样的夜晚，
会想起什么？
我的思念是圆的，
西瓜，苹果都是圆的，
团聚的人家是欢乐的，
骨肉被分割是痛苦的，
思念亲人的人，
望着空中的明月，
谁能把月饼咽下？

愿春天早点来

我走出用纸糊满窗格的房子，
站立在阴暗的屋檐下，
看着田野，
黄色的路，
从门前经过，
一直伸到天边。
畏缩这严寒，
对于远方的旅行，
我踌躇了，

而且，

池沼依然凝结着冰层，

山上依然闪着残雪的白光；

而且，

天依然低沉，

——明天恐怕还要下雪呢。

于是，从我的心头，

感到了，

使我瑟缩的凉意，

为了我的烦忧，

我希望：

春天，

它早点来，

等路旁吐出一点绿芽时，

我将穿上芒鞋，

去寻觅温暖。

光的赞歌

（一）

每个人的一生，

不论聪明还是愚蠢，

不论幸福还是不幸，

只要他一离开母体，
就睁着眼睛追求光明。
世界要是没有光，
等于人没有眼睛，
航海的没有罗盘，
打枪的没有准星，
不知道路边有毒蛇，
不知道前面有陷阱。
世界要是没有光，
也就没有扬花飞絮的春天，
也就没有百花争艳的夏天，
也就没有金果满园的秋天，
也就没有大雪纷飞的冬天。
世界要是没有光，
看不见奔腾不息的江河，
看不见连绵千里的森林，
看不见容易激动的大海，
看不见像老人似的雪山。
要是我们什么也看不见，
我们对世界还有什么留恋？

（二）

只是因为有了光，
我们的大千世界，
才显得绚丽多彩，
人间也显得可爱。
光给我们以智慧，
光给我们以想象，
光给我们以热情，
光帮助我们创造出不朽的形象。
那些殿堂多么雄伟，
里面更是金碧辉煌；
那些感人肺腑的诗篇，
谁读了能不热泪盈眶；
那些最高明的雕刻家，
使冰冷的大理石有了体温；
那些最出色的画家，
描出了色授神与的眼睛。
比风更轻的舞蹈，
珍珠般圆润的歌声，
火的热情、水晶的坚贞，
艺术离开光就没有生命。
山野的篝火是美的，

港湾的灯塔是美的，
夏夜的繁星是美的，
庆祝胜利的焰火是美的，
一切的美都和光在一起。

（三）

这是多么奇妙的物质，
没有重量而色如黄金，
它可望而不可及，
漫游世界而无体形，
具有睿智而谦卑，
它与美相依为命，
诞生于撞击和磨擦，
来源于燃烧和消亡的过程，
来源于火、来源于电，
来源于永远燃烧的太阳。
太阳啊，我们最大的光源，
它从亿万万里以外的高空，
向我们居住的地方输送热量，
使我们这里滋长了万物，
万物都对它表示景仰，
因为它是永不消失的光。

真是不可捉摸的物质——
不是固体、不是液体、不是气体，
来无踪、去无影、浩淼无边，
从不喧嚣、随遇而安，
有力量而不剑拔弩张，
它是无声的威严，
它是伟大的存在，
它因富足而能慷慨，
胸怀坦荡、性格开朗，
只知放射、不求报偿，
大公无私、照耀四方。

（四）

但是有人害怕光，
有人对光满怀仇恨，
因为光所发出的针芒，
刺痛了他们自私的眼睛。
历史上的所有暴君，
各个朝代的奸臣，
一切贪婪无厌的人，
为了偷窃财富、垄断财富，
千方百计想把光监禁。

因为光能使人觉醒，
凡是压迫人的人，
都希望别人无能，
无能到了不敢吭声，
而把自己当做神明。
凡是剥削人的人，
都希望别人愚蠢，
愚蠢到了不会计算，
一加一等于几也闹不清。
他们要的是奴隶，
是会说话的工具，
他们只要驯服的牲口，
他们害怕有意志的人，
他们想把火扑灭，
在无边的黑暗里，
在岩石所砌的城堡里，
维持血腥的统治。
他们占有权力的宝座，
一手是勋章、一手是皮鞭，
一边是金钱、一边是锁链，
进行着可耻的政治交易，
完了就举行妖魔的舞会，

和血淋淋的人肉的欢宴。
回顾人类的历史，
曾经有多少年代，
沉浸在苦难的深渊，
黑暗凝固得像花岗岩。
然而人间也有多少勇士，
用头颅去撞开地狱的铁门，
光荣属于奋不顾身的人，
光荣属于前仆后继的人。
暴风雨中的雷声特别响，
乌云深处的闪电特别亮，
只有通过漫长的黑夜，
才能喷涌出火红的太阳。

（五）

愚昧就是黑暗，
智慧就是光明，
人类是从愚昧中过来，
那最先去盗取火的人，
是最早出现的英雄。
他不怕守火的鹫鹰，
要啄掉他的眼睛，

他也不怕天帝的愤怒，
和轰击他的雷霆，
把火盗出了天庭，
于是光不再被垄断，
从此光流传到人间。
我们告别了刀耕火种，
蒸汽机带来了工业革命，
从核物理诞生了原子弹，
如今像放鸽子似的放出了地球卫星……
光把我们带进了一个，
光怪陆离的世界：
光怪陆离的世界：
X光，照见了动物的内脏，
激光，刺穿优质钢板，
光学望远镜，追踪星际物质，
电子计算机，
把我们推到了二十一世纪。
然而，比一切都更宝贵的，
是我们自己的锐利的目光，
是我们先哲的智慧之光，
这种光洞察一切、预见一切，
可以透过肉体的躯壳，

看见人的灵魂，
看见一切事物的底蕴，
一切事物内在的规律，
一切运动中的变化，
一切变化中的运动，
一切的成长和消亡，
就连静静的喜马拉雅山，
也在缓慢地继续上升。
认识没有地平线，
地平线只能存在于停止前进的地方，
而认识却永无止境。
人类在追踪客观世界中，
留下了自己的脚印，
实践是认识的阶梯，
科学沿着实践前进，
在前进的道路上，
要砸开一层层的封锁，
要挣断一条条的铁链，
真理只能从实践中得以永生。

（六）

光从不可估量的高空，

俯视着人类历史的长河，
我们从周口店到天安门，
像滚滚的波涛在翻腾，
不知穿过了多少的险滩和暗礁，
我们乘坐的是永不沉的船。
从天际投下的光始终照引着我们，
我们从千万次的蒙蔽中觉醒，
我们从千万种的愚弄中学得了聪明，
统一中有矛盾、前进中有逆转，
运动中有阻力、革命中有背叛，
甚至光中也有暗，
甚至暗中也有光，
不少丑恶与地耻，
隐藏在光的下面，
毒蛇、老鼠、臭虫、蝎子、蜘蛛，
和许多种类的粉蝶，
她们都是孵化害虫的母亲，
我们生活着随时都要警惕，
看不见的敌人在窥伺着我们。
然而我们的信念，
像光一样坚强——，
经过了多少浩劫之后，

穿过了漫长的黑夜，
人类的前途无限光明、永远光明。

（七）

每一个人都是一个生命，
人世银河星云中的一粒微尘，
每一粒微尘都有自己的能量，
无数的微尘汇集成一片光明。
每一个人既是独立的，
而又互相照耀，
在互相照耀中不停地运转，
和地球一同在太空中运转。
我们在运转中燃烧，
我们的生命就是燃烧，
我们在自己的时代，
应该像节日的焰火，
带着欢呼射向高空，
然后迸发出璀璨的光，
即使我们是一支蜡烛，
也应该"蜡炬成灰泪始干"；
即使我们只是一根火柴，
也要在关键时刻有一次闪耀；

即使我们死后尸骨都腐烂了，
也要变成磷火在荒野中燃烧。

（八）

作为一个微不足道的人，
天文学数字中的一粒微尘，
即使生命像露水一样短暂，
即使是恒河岸边的细沙，
也能反映出比本身更大的光。
我也曾经用嘶哑的喉咙歌唱，
在不自由的岁月里我歌唱自由，
我是被压迫的民族我歌唱解放，
在这个茫茫的世界上，
我曾经为被凌辱的人们歌唱，
我曾经为受欺压的人们歌唱，
我歌唱抗争，我歌唱革命，
在黑夜把希望寄托给黎明，
在胜利的欢欣中歌唱太阳。
我是大火中的一点火星，
趁生命之火没有熄灭，
我投入火的队伍、光的队伍，
把“一”和“无数”溶合在一起，

进行为真理而斗争，

和在斗争中前进的人民一同前进。

我永远歌颂光明，

光明是属于人民的，

未来是属于人民的，

任何财富都是人民的，

和光在一起前进，

和光在一起胜利，

胜利是属于人民的，

和人民在一起所向无敌。

（九）

我们的祖先是光荣的，

他们为我们开辟了道路，

沿途

下了深深的足迹，

每个足迹里都有血迹。

现在我们正开始新的长征，

这个长征不只是二万五千里的路程，

我们要逾越的也不只是十万大山，

我们要攀登的也不只是千里岷山，

我们要夺取的也不只是金沙江、大渡河，

我们要抢渡的是更多更险的流口，

我们在攀登中将要遇到更大的风雪、更多的冰川……

但是光在召唤我们前进，

光在鼓舞我们、激励我们，

光给我们送来了新时代的黎明，

我们的人民从四面八方高歌猛进。

让信心和勇敢伴随着我们，

武装我们的是最美好的理想，

我们是和最先进的阶级在一起，

我们的心胸燃烧着希望，

我们前进的道路铺满阳光。

让我们的每个日子，

都像飞轮似的旋转起来，

让我们的生命发出最大的能量，

让我们像从地核里释放出来似的。

极大地撑开光的翅膀，

在无限广阔的宇宙中飞翔，

让我们以最高的速度飞翔吧，

让我们以大无畏的精神飞翔吧，

让我们从今天出发飞向明天，

让我们把每个日子都当做新的起点。

或许有一天，总有一天，
我们这个古老的民族，
我们最勇敢的阶级，
将接受光的邀请，
却叩开那些紧闭的大门，
访问我们所有的芳邻，
让我们从地球出发，
飞向太阳……

雪落在中国的土地上

雪落在中国的土地上，
寒冷在封锁着中国呀……

风，
像一个太悲哀了的老妇，
紧紧地跟随着，
伸出寒冷的指爪，
拉扯着行人的衣襟，
用着你土地一样古老的话，
一刻也不停地絮聒着……

那丛林间出现的，

赶着马车的，
你中国的农夫，
戴着皮帽，
冒着大雪，
要到哪儿去呢？

告诉你，
我也是农人的后裔——

由于你们的
刻满了痛苦的皱纹的脸，
我能如此深深地
知道了，
生活在草原上的人们的，
岁月的艰辛。

而我，
也并不比你们快乐啊，
——躺在时间的河流上，
苦难的浪涛，
曾经几次把我吞没而又卷起——
流浪与监禁，

已失去了我的青春的最可贵的日子，

我的生命，

也像你们的生命

一样的憔悴呀。

雪落在中国的土地上，

寒冷在封锁着中国呀……

沿着雪夜的河流，

一盏小油灯在徐缓地移行，

那破烂的乌篷船里，

映着灯光，垂着头，

坐着的是谁呀？

——啊，你

蓬发垢面的少妇，

是不是，

你的家，

——那幸福与温暖的巢穴

已被暴戾的敌人，

烧毁了么？

是不是，

也像这样的夜间，

失去了男人的保护，

在死亡的恐怖里，

你已经受尽敌人刺刀的戏弄？

咳，就在如此寒冷的今夜，

无数的，

我们的年老的母亲，

就像异邦人，

不知明天的车轮

要滚上怎样的路程？

——而且

中国的路，

是如此的崎岖，

是如此的泥泞呀。

雪落在中国的土地上，

寒冷在封锁着中国呀……

透过雪夜的草原，

那些被烽火所啮啃着的地域，

无数的，土地的垦殖者，

失去了他们所饲养的家畜，
失去了他们肥沃的田地，
拥挤在，
生活的绝望的污巷里；
饥馑的大地，
伸向阴暗的天，
伸出乞援的，
颤抖着的两臂。

中国的痛苦与灾难
像这雪夜一样广阔而又漫长呀！

雪落在中国的土地上，
寒冷在封锁着中国呀……

中国，
我的在没有灯光的晚上，
所写的无力的诗句，
能给你些许的温暖么？

时代

我站立在低矮的屋檐下，

出神地望着蛮野的山岗
和高远空阔的天空，
很久很久心里像感受了什么奇迹，
我看见一个闪光的东西，
它像太阳一样鼓舞我的心，
在天边带着沉重的轰响，
带着暴风雨似的狂啸，
隆隆滚辗而来……

我向它神往而又欢呼！
当我听见从阴云压着的雪山的那面，
传来了不平的道路上巨轮颠簸的轧响，
像那些奔赴婚礼的新郎。
——纵然我知道由它所带给我的，
并不是节日的狂欢，
和什么杂耍场上的哄笑，
却是比一千个屠场更残酷的景象，
而我却依然奔向它，
带着一个生命所能发挥的热情。
我不是弱者——我不会沾沾自喜，
我不是自己能安慰或欺骗自己的人，
我不满足那世界曾经给过我的。

——无论是荣誉，无论是耻辱
也无论是阴沉沉的注视和黑夜似的仇恨，
以及人们的目光因它而闪耀的幸福。
我在你们不知道的地方感到空虚，
给我生活的世界，
我永远伸张着两臂，
我要求攀登高山，
我要求横跨大海，
我要迎接更高的赞扬，更大的毁谤，
更不可解的怨，和更致命的打击——
都为了我想从时间的深沟里升腾起来……

没有一个人的痛苦会比我更甚的——
我忠实于时代，献身于时代，而我却沉默着，
不甘心地，像一个被俘虏的囚徒，
在押送到刑场之前沉默着。
我沉默着，为了没有足够响亮的语言，
像初夏的雷霆滚过阴云密布的天空，
抒发我的激情于我的狂暴的呼喊，
奉献给那使我如此兴奋如此惊喜的东西，
我爱它胜过我曾经爱过的一切，
为了它的到来，我愿意交付出我的生命，

交付给它从我的肉体直到我的灵魂，
我在它的前面显得如此卑微，
甚至想仰卧在地面上，
让它的脚像马路一样踩过我的胸膛。

戴望舒

我用残损的手掌

我用残损的手掌，
摸索这广大的土地：
这一角已变成灰烬，
那一角只是血和泥；
这一片湖该是我的家乡，
（春天，堤上繁花如锦障，
嫩柳枝折断有奇异的芬芳），
我触到荇藻和水的微凉；
这长白山的雪峰冷到彻骨，
这黄河的水夹泥沙在指间滑出；
江南的水田，那么软……现在只有蓬蒿；
岭南的荔枝花寂寞地憔悴，
尽那边，我蘸着南海没有渔船的苦水……

无形的手掌掠过无限的江山，
手指沾了血和灰，手掌沾了阴暗，
只有那辽远的一角依然完整，
温暖，明朗，坚固而蓬勃生春。
在那上面，我用残损的手掌轻抚，
像恋人的柔发，婴孩手中乳。
我把全部的力量运在手掌，
贴在上面，寄予爱和一切希望，
因为只有那里是太阳，是春，
将驱逐阴暗，带来苏生，
因为只有那里我们不像牲口一样活，
蝼蚁一样死……那里，永恒的中国！

郭沫若

炉中煤——眷恋祖国的情绪

啊，我年青的女郎！
我不辜负你的殷勤，
你也不要辜负了我的思量。
我为我心爱的人儿，
燃到了这般模样！
啊，我年青的女郎！
你该知道了我的前身？
你该不嫌我黑奴卤莽？
要我这黑奴的胸中，
才有火一样的心肠。
啊，我年青的女郎！
我想我的前身，
原本是有用的栋梁，

我活埋在地底多年，
到今朝才得重见天光。
啊，我年青的女郎！
我自从重见天光，
我常常思念我的故乡。
我为我心爱的人儿，
燃到了这般模样！

陈毅

梅岭三章

一九三六年冬梅山被围。余伤病伏丛莽间二十余日，虑不得脱，得诗三首留衣底。旋围解。

断头今日意如何？创业艰难百战多。
此去泉台招旧部，旌旗十万斩阎罗。

南国烽烟正十年，此头须向国门悬。
后死诸君多努力，捷报飞来当纸钱。

投身革命即为家，血雨腥风应有涯。
取义成仁今日事，人间遍种自由花。

孙中山

咏志

万象阴霾扫不开，
红羊劫运日相催。
顶天立地奇男子，
要把乾坤扭转来。

挽刘道一

半壁东南三楚雄，刘郎死去霸图空。
尚余遗业艰难甚，谁与斯人慷慨同！
塞上秋风悲战马，神州落日泣哀鸿。
几时痛饮黄龙酒，横揽江流一奠公。

五言绝句

此去浪滔天，

应知身在船。

若还潇湘日，

为我问陈癫。

七绝

咸来意气不论功，

魂梦忽惊征马中。

漠漠东南云万叠，

铁鞭叱咤厉天风。

赠陈树人

史臣重朱家，

君乃隐于酒。

时事尚纵横，

雄心宁复有？

曾国藩

岁暮杂感

（其一）

旧雨曾遗尺鲤鱼，经年不报意何如？
自从三益睽违久，学得五君世态疏。
碧树那知离别憾，青灯偏照故人书。
殷勤护惜金炉鸭，香火因缘付与渠。

（其二）

纷纷节候尽平常，西舍东家底事忙？
十二万年都小劫，七千馀岁亦中殇。
蜉蝣身世知何极，胡蝶梦魂又一场。
少昊笑侬情太寡，故堆锦绣富春光。

（其三）

为臧为否两蹉跎，搔首乾坤踏踏歌。
万事拚同骈拇视，浮生无奈茧丝多。
频年踪迹随波活，大半光阴被墨磨。
匣里龙泉吟不住，问予何日斫蛟鼍。

（其四）

去年此际赋长征，豪气思屠大海鲸。
湖上三更邀月饮，天边万岭挟身行。
竟将云梦吞如芥，求信君山刬不平。
偏是东皇来去易，又吹草绿满蓬瀛。

（其五）

莽莽寒山匝四围，眼穿望不到庭闱。
絮漂江浦无人管，草绿湖南有梦归。
乡思怕听残漏转，逸情欲逐乱云飞。
敬从九烈神君诉，游子于今要换衣。

（其六）

高嵋山下是侬家，岁岁年年斗物华。
老柏有情还忆我，夭桃无语自开花。
几回南国思红豆，曾记西风浣碧纱。

最是故园难忘处，待等亭畔路三叉。

（其七）

拟学坡公馈岁诗，花笺何处寄相思？
阳和未老貂先敝，暖气初回鸟竞知。
游子情怀随地远，天家雨露及时施。
小儒莫献升平颂，幸傍龙楼睹上仪。

（其八）

芒鞋镇日踏春还，残腊将更却等闲。
三百六旬同逝水，四平涂里说家山。
缁尘已自沾京雒，羌笛何须怨玉关。
为报南来新雁到，故乡消息在云间。

闻客话里中近事

蓬莱清浅信推迁，回首乡关事可怜。
今日朝簪陪末秩，早时社鼓舞华筵。
陈平宰国无消息，质倍辞家有岁年。
蹙蹙生涯非我里，滔滔四望极敷天。

次韵何廉昉太守感怀述事

（其一）

浔阳江水接天长，良将新词皎雪霜。

半壁东南支柱石，数州士女荐馨香。
竟无耆寿追充国，犹有嘉名配武乡。
匹马寸金都谢绝，三明何必数西凉！

（其二）

江雪湖波路几千，壶头归葬事堪怜。
铸金叩叩终何益？理玉深深不计年。
夜月一钩凉蕙帐，春风十万散榆钱。
神灵甲马如相助，莫遣愁人叹逝川。

（其三）

幕府山头对碧天，英英群彦满樽前。
共扶元气回阳九，各放光明照大千。
短李迂辛杂嘲谑，箕张牛奋总安便。
独怜何逊今漂泊，望断寒云暮霭边。

（其四）

钟山祠庙岿然存，凭吊湖湘烈士魂。
马革裹尸男子志，鸾刀祭脺圣明恩。
弓旌夜动神依户，萧鼓春祈福满门。
万世游人应指点，血殷篙眼古时痕。

（其五）

山县寒儒守一经，出山姓字各芳馨。
要令天下消兵气，争说湘中聚德星。
旧雨三年精化碧，孤灯五夜眼常青。
书生自有平成量，地脉何曾独效灵！

（其六）

鸰原横贯第三人，鹤唳华亭不复春。
先轸归元何日是？虞翻相骨本来贫。
科名久滞青云路，身手难扶赤日轮。
十二万年香不灭，从渠捣麝作灰尘。

（其七）

滥觞初引一泓泉，流出蛟龙万丈渊。
从古精诚能破石，薰天事业不贪钱。
腐儒封拜称诗伯，上策屯耕在现田。
巨海茫茫终得岸，谁言精卫憾难填？

（其八）

域中哀怨广场开，屈宋而还第二回。
幻想更无天可问，牢愁宁有地能埋！
秦瓜钩带何人种？社栎支离几日培？

大冶最憎金踊跃，那容世界有奇材！

（其九）

沧海横流泽有鸿，微生偶出一当熊。

千艘梭织怒涛上，万幕笳吹明月中。

屠罢长鲸波尚赤，战归骄马汗犹红。

谁知春晚周郎老，更与东皇乞好风。

（其十）

惨淡兵戎春复秋，浊醪谁信遣千忧？

战场故鬼把新鬼，世事前沤散后沤。

驱逐几同秦失鹿，劬劳只愧鲁无鸠。

何时浩荡轻鸥去？一舸鸱夷得少休。

（其十一）

二月长安春始归，觚棱回首梦魂飞。

宫鸦掠日槐阴瘦，厩马嘶风柳絮肥。

东阁赐茶双凤阙，西郊扈跸九龙旗。

十年苦忆钧天奏，老大真怜未拂衣。

（其十二）

薇阁藤厅淡淡红，多君翔步五云中。

良缘彩凤双飞翼，慧业灵犀一点通。
典郡四旬书上考，阖门八口祀昭忠。
灾祥谁识天公意，休向西风泣路穷。

（其十三）

由来忠孝易通神，忉利华鬘识后身。
石烂海枯终有尽，生天成佛岂无人。
关河瘐信空萧瑟，形影陶潜孰主宾？
鸡犬全家存帝所，淮南生计未全贫。

（其十四）

猴鹤沙虫道并消，谁分粪壤与芳椒？
昨来皖水三河变，堪痛阿房一炬焦。
勾践池边醪易醉，田横墓上酒难浇。
同袍才俊雕零尽，苟活人间只自嘲。

李鸿章

绝命诗

劳劳车马未离鞍，临事方知一死难。
三百年来伤国步，八千里外吊民残。
秋风宝剑孤臣泪，落日旌旗大将坛。
海外尘氛犹未息，请君莫作等闲看。

毛泽东

七律·长征

红军不怕远征难，万水千山只等闲。
五岭逶迤腾细浪，乌蒙磅礴走泥丸。
金沙水拍云崖暖，大渡桥横铁索寒。
更喜岷山千里雪，三军过后尽开颜。

七律·人民解放军占领南京

钟山风雨起苍黄，百万雄师过大江。
虎踞龙盘今胜昔，天翻地覆慨而慷。
宜将剩勇追穷寇，不可沽名学霸王。
天若有情天亦老，人间正道是沧桑。

七律·登庐山

一山飞峙大江边，跃上葱茏四百旋。

冷眼向洋看世界，热风吹雨洒江天。
云横九派浮黄鹤，浪下三吴起白烟。
陶令不知何处去，桃花源里可耕田？

七律·冬云

雪压冬云白絮飞，万花纷谢一时稀。
高天滚滚寒流急，大地微微暖气吹。
独有英雄驱虎豹，更无豪杰怕熊罴。
梅花欢喜漫天雪，冻死苍蝇未足奇。

送瘟神

读六月三十日人民日报，余江县消灭了血吸虫。浮想联翩，夜不能寐。微风拂煦，旭日临窗。遥望南天，欣然命笔。

（其一）

绿水青山枉自多，华佗无奈小虫何！
千村薜苈人遗矢，万户萧条鬼唱歌。
坐地日行八万里，巡天遥看一千河。
牛郎欲问瘟神事，一样悲欢逐逝波。

（其二）

春风杨柳万千条，六亿神州尽舜尧。

红雨随心翻作浪，青山着意化为桥。
天连五岭银锄落，地动三河铁臂摇。
借问瘟君欲何往，纸船明烛照天烧。

七律·到韶山

别梦依稀咒逝川，故园三十二年前。
红旗卷起农奴戟，黑手高悬霸主鞭。
为有牺牲多壮志，敢教日月换新天。
喜看稻菽千重浪，遍地英雄下夕烟。

七律·答友人

九嶷山上白云飞，帝子乘风下翠微。
斑竹一枝千滴泪，红霞万朵百重衣。
洞庭波涌连天雪，长岛人歌动地诗。
我欲因之梦寥廓，芙蓉国里尽朝晖。

洪都

到得洪都又一年，祖生击楫至今传。
闻鸡久听南天雨，立马曾挥北地鞭。
鬓雪飞来成废料，彩云长在有新天。
年年后浪推前浪，江草江花处处鲜。

余光中

乡愁

小时候，乡愁是一枚小小的邮票，
我在这头，母亲在那头。
长大后，乡愁是一张窄窄的船票，
我在这头，新娘在那头。
后来啊，乡愁是一方矮矮的坟墓，
我在外头，母亲在里头。
而现在，乡愁是一湾浅浅的海峡，
我在这头，大陆在那头。

饮一八四二年葡萄酒

何等芳醇而又鲜红的葡萄的血液！
如此暖暖地，缓缓地注入了我的胸膛，
使我欢愉的心中孕满了南欧的夏夜，

孕满了地中海岸边金黄色的阳光，
和普罗旺斯夜莺的歌唱。

当纤纤的手指将你们初次从枝头摘下，
圆润而丰满，饱孕着生命绯色的血浆，
白朗宁和伊丽莎白还不曾私奔过海峡，
但马佐卡岛上已栖息乔治桑和肖邦，
雪莱初躺在济慈的墓旁。

那时你们正累累倒垂，在葡萄架顶，
被对岸非洲吹来的暖风拂得微微摆荡；
到夜里，更默然仰望着南欧的繁星，
也许还有人相会在架底，就着星光，
吮饮甜于我怀中的甘酿。

也许，啊，也许有一颗熟透的葡萄，
因不胜蜜汁的重负而悄然坠下，
惊动吻中的人影，引他们相视一笑，
听远处是谁歌小夜曲，是谁伴吉打；
生命在暖密的夏夜开花。

但是这一切都已经随那个夏季枯萎。

数万里外，一百年前，他人的往事，
除了微醉的我，还有谁知道？
还有谁能追忆哪一座墓里埋着采摘的手指？
她宁贴的爱抚早已消逝！

一切都逝了，只有我掌中的这只魔杯，
还盛着一世纪前异国的春晚和夏晨！
青紫色的僵尸早已腐朽，化成了草灰，
而遗下的血液仍如此鲜红，
尚有余温来染湿东方少年的嘴唇。

西螺大桥

矗然，钢的灵魂醒着。
严肃的静铿锵着。

西螺平原的海风猛撼着这座力的图案，
美的网，猛撼着这座意志之塔的每一根神经，
猛撼着，而且绝望地啸着。
而铁钉的齿紧紧咬着，铁臂的手紧紧握着
严肃的静。

于是，我的灵魂也醒了，我知道

既渡的我将异于
未渡的我，我知道
彼岸的我不能复原为
此岸的我。
但命运自神秘的一点伸过来
一千条欢迎的臂，我必须渡河。

面临通向另一个世界的
走廊，我微微地颤抖。
但西螺平原的壮阔的风
迎面扑来，告我以海在彼端，
我微微地颤抖，但是我
必须渡河！

矗立着，庞大的沉默。
醒着，钢的灵魂。

招魂的短笛

魂兮归来，母亲啊，东方不可以久留，
诞生台风的热带海，
七月的北太平洋气压很低。
魂兮归来，母亲啊，南方不可以久留，

太阳火车的单行道，
七月的赤道炙行人的脚心。
魂兮归来，母亲啊，北方不可以久留，
驯鹿的白色王国，
七月里没有安息夜，只有白昼。
魂兮归来，母亲啊，异国不可以久留。

小小的骨灰匣梦寐地在落地窗畔，
伴着你手栽的小植物们。
归来啊，母亲，来守你火后的小城。
春天来时，我将踏湿冷的清明路，
葬你于故乡的一个小坟，
葬你于江南，江南的一个小镇。
垂柳的垂发直垂到你的坟上，
等春天来时，你要做一个女孩子的梦，
梦见你的母亲。

而清明的路上，母亲啊，我的足印将深深，
柳树的长发上滴着雨，母亲啊，滴着我的回忆，
魂兮归来，母亲啊，来守这四方的空城。

新大陆之晨

零度。七点半。古中国之梦死在
新大陆的席梦思上。
摄氏表的静脉里，
一九五八年的血液将流尽。
风，起自格陵兰岛上，
以溜冰者的来势，滑下了
五大湖的玻璃平原。
不久我们将收到，自这些信差的袋里，
爱斯基摩人寄来的许多
圣诞卡片。

早安，忧郁。早安，寂寞。
早安，第三期的怀乡病！
早安，夫人们，早安！
烤面包，冰牛奶，咖啡和生菜
在早餐桌上等我们去争吵，
去想念燧人氏，以及豆浆与油条。
然后去陌生的报上寻吝啬的消息。
然后去信箱里寻希望的尸体。
然后去林荫道上招呼小松鼠们。
然后走进拥挤的课堂，在高鼻子与高鼻子，

在金发与金发，在Hello与Good morning之间，
坐下。

坐下，且向冷如密歇根湖的碧瞳
与碧瞳，照出五陵少年的影子，
照出自北回归线移植来的相思树的影子。

然后踏着艺术馆后犹青的芳草地
（它不认识牛希济），
穿过爱奥华河畔的柳荫
（它不认识桓温），
向另一座摩天楼
（它不认识王粲）。

当千里目被困于地平线，我说：
“虽信美而非吾土兮，
曾何足以少留！”

火车来自芝加哥，
驰向太平洋的蓝岸。
汽笛的长嘶，使我的思想出轨——
我在想，一九五九年的初秋，

旧金山的海湾里，
有一只铁锚将为我升起，
当它再潜水时，它会看见
基隆港里的中国鱼。

而此刻，七点半，零度。
摄氏表的静脉里，
一九五八的血液还没有流尽。
早安，忧郁！早安，寂寞！
早安，第三期的怀乡病！
早安，黑眼圈的夫人们，早安，早安！

莲的联想

已经进入中年，还如此迷信，
迷信着美，
对此莲池，我欲下跪。

想起爱情已死了很久，
想起爱情，
最初的烦恼，最后的玩具。

想起西方，水仙也渴毙了，

拜伦的坟上，
为一只死蝉，鸦在争吵。

战争不因海明威不在而停止，
仍有人欢喜，
在这种火光中来写日记，
虚无成为流行的癌症，
当黄昏来袭，
许多灵魂便告别肉体。

我的却拒绝远行，我愿在此，
伴每一朵莲，
守小千世界，守住神秘。

是以东方甚远，东方甚近，
心中有神，
则莲合为座，莲叠如台。

诺，叶何田田，莲何翩翩，
你可能想象，
美在其中，神在其上。

我在其侧，我在其间，我是蜻蜓，
风中有尘，
有火药味，需要拭泪，我的眼睛。

在冷战的年代

在冷战的年代，走下新生南路，
他想起那热战，那热烘烘的抗战，
想起芦沟桥，怒吼，桥上所有的狮子
向武士刀，对岸的樱花武士，
“万里长城万里长，长城外面——
是故乡”，想起一个民族，怎样
在同一个旋律里咀嚼流亡，
从山海关到韶关。他的家，
在长城，不，长江以南，但是那歌调，
每一次，都令他心酸酸，鼻子酸酸。
“万里长城万里长，长城外面是——”
歌，是平常的歌，不平常的
是唱歌的年代，一起唱的人
一起流亡，在后方的一个小镇，
一千个叮咛，一千次敲打。
邮戳敲打谁人的叮咛，
两种面貌是流亡的岁月，

正面，是邮票，反面，是车票。
一首旧歌，一枚照明弹，
二十年前的记忆，忽然，被照明。
在冷战的年代，走下新生南路，
他想起，那音乐会上，刚才
十七岁，最多是十八岁，那女孩
还不曾诞生，在他唱歌的年代，
今夜那些听众，一大半，还不曾诞生，
不知道什么是英租界，日本租界，
滇缅路，青年军，草鞋，平价米，草鞋
空空洞洞，防空洞中的岁月，“月光光照他乡”，
月光之外，烧夷弹的火光，
停电夜，大轰炸的前夜，也是那样，
那样一个晚会，也是那样。
好乖好灵的一个女孩，
唱同样的那一支歌，唱得
不好，但令他激动而流泪，
“不要难过了”，笑笑，她说
“月亮真好，我要你送我回去”
后来她就戴上了他的指环，
将爱笑的眼睛，盖印一样
盖在婷婷和幺幺的脸上，

那竟是廿多年前的事了。

天上的七七，地上的七七，
她的墓在观音山，淡水对岸，
去年的清明节，前年的清明，
走下新生南路，在冷战的年代，
他想起，冷冷清清的公寓
一张双人旧床在等他回去。
“月亮真好，我要你送我回去”，
想起如何，先人的墓在大陆，
妻的墓在岛上，幺幺和婷婷，
都走了，只剩下他一人，
三代分三个，不，四个世界。
长城万里，孤蓬万里，月亮真好，他说，
一面走下新生南路，在冷战的年代。

大江东去

大江东去，浪涛腾跃成千古，
太阳升火，月亮沉珠，
哪一波是捉月人？
哪一浪是溺水的大夫？
赤壁下，人吊髯苏犹似髯苏在吊古，

听，鱼龙东去，扰扰多少水族。
当我年老，千尺白发飘，
该让我曳着离骚，
袅袅的离骚曳我归去，
汨罗，采石矶之间让我游泳，
让不朽的大江为我涤罪，
冰肌的江水祝我永生，
恰似母亲的手指，孩时，
呵痒轻轻，那样的触觉。
大江东去，千唇千靥是母亲，
舔，我轻轻，吻，我轻轻
亲亲，我赤裸之身
仰泳的姿态是吮吸的姿态，
源源不绝五千载的灌溉，
永不断奶的圣液，这乳房
每一滴，都甘美也都悲辛，
每一滴都从昆仑山顶
风里霜里和雾里，
荒荒旷旷神话里流来。
大江东去，龙势矫矫向太阳，
龙尾黄昏，龙首探入晨光，
龙鳞翻动历史，一鳞鳞

一页页，滚不尽的水声，

胜者败败者胜高低同样是浪潮，

浮亦永恒沉亦永恒，

顺是永恒逆是永恒，

俯泳仰泳都必须追随。

大江东去，枕下终夜是江声，

侧左，滔滔在左耳，

侧右，滔滔在右颊，

侧侧转转，

挥刀不断，

失眠的人头枕三峡，

一夜轰轰听大江东去。

五十岁以后

五尺三寸，顶上已伸入了雪线，

黑松林疏处尽是皑皑，

触目惊心这一片早白，

不是降幡，是仙凡的边界。

黑，是母胎所带来的，而白

是严峻的后母，造化，所配戴

古来有太多的壮士对镜，

畏雪峰太凛冽不敢独登，

不知一峰暮色里独白，

是伸向死灭，或是永生。

莫指望我会诉老，我不会，

海拔到此已足够自豪，

路遥，正是测马力的时候，

自命老骥就不该伏枥，

问我的马力几何?

且附耳过来，听我胸中的烈火，

听雪峰之下内燃着火山，

听低啸的内燃机运转不息，

几乎煞不住的马力，

踢踏千里，还有四百匹。

1980年七七抗战纪念日

何其芳

我们最伟大的节日

（一）

中华人民共和国
在隆隆的雷声里诞生。
是如此巨大的国家的诞生，
是经过了如此长期的苦痛
而又如此欢乐的诞生，
就不能不像暴风雨一样打击着敌人，
像雷一样发出震动世界的声音……

（二）

多少年代，多少中国人民
在长长的黑暗的夜晚一样的苦难里
梦想着你，

在涂满了血的荆棘的路上
寻找着你，
在监狱中或者在战场上
为你献出他们的生命的时候
呼喊着你，
多少年代，多少内外的敌人
用最恶毒的女巫的话语
诅咒着你，
用最顽强的岩石一样的力量
压制着你，
在你开始成形的时候
又用各种各样的阴谋诡计
来企图虐杀你。
你新的中国，人民的中国呵，
你终于在旧中国的母体内
生长，壮大，成熟，
你这个东方的巨人终于诞生了。

（三）

终于过去了
中国人民的哭泣的日子，
中国人民的低垂着头的日子；

终于过去了。

日本侵略者使我们肥沃的土地上长着荒草，

使我们肚子里塞着树叶的日子，

终于过去了。

美国吉普车把我们像狗一样在街上压死，

美国大兵在广场上强奸我们妇女的日子，

终于过去了。

中国最后一个黑暗王朝的统治！

（四）

蒋介石，帝国主义和封建主义杂交而生的蒋介石，

现代中国人民的灾难的代名词，

他用血来吓唬我们，

他把中国人民的血染遍了中国的土地。

但中国人民并没有被征服。

前年十月，

毛泽东指挥我们开始大进军，

并颁布了一连十五个“打倒蒋介石”的口号。

那是中国人民在心中郁结了许多年的仇恨。

那是最能鼓舞我们前进的动员令。

我们打过了黄河，打过了长江，

蒋介石匪帮

就像兔子一样逃跑，惊慌。
毛泽东，我们的领导者，我们的先知！
他叫我们喊出打倒日本帝国主义，
日本帝国主义就被我们打倒了！
他叫我们喊出打倒蒋介石，
蒋介石就被我们打倒了！
他叫我们驱逐美帝国主义出中国，
美帝国主义就被我们驱逐出去了！
都打倒了，都滚蛋了，都崩溃了，
所有那些驶行在我们内河里的外国的军舰，
所有那些捆绑着我们的条约，法律，
所有那些臭虫，所有那些鹰犬！
虽说他们现在还窃据着几小块土地，
像打破了船以后抓着几片木板。
很快就要被人民战争的波涛所吞没了！
毛泽东呵，
你的名字就是中国人民的力量和智慧！
你的名字就是中国人民的信心和胜利！

（五）

毛泽东向世界宣布：
中华人民共和国诞生了。

毛泽东向世界宣布：

我们已经站起来了，

我们再也不是一个被人侮辱的民族了。

欢呼呵！歌唱呵！跳舞呵！

到街上来，

到广场上来，

到新中国的阳光下来，

庆祝我们这个最伟大的节日！

（六）

北京和延安一样充满了歌声。

五星红旗在这绿色的城市中上升。

密集的群众的海洋：

无数的旗帜在掌声里飘动，

就像在微风里颤动的波浪。

在毛泽东主席的面前，

我们的海军走过，

我们的步兵走过，

我们的炮兵走过，

我们的战车走过，

我们的骑兵走过，

我们的空军在天空中飞行，

群众的队伍从广场上绕到

毛泽东主席的面前来喊着：

“毛主席万岁！”

毛泽东主席回答着：

“同志们万岁！”

这是何等动人的欢呼！

这是何等动人的领袖与群众的关系！

跳跃着喊！

舞动着两个手臂喊！

站在主席台下望着毛泽东主席不愿离开地喊！

把这个古老的城市喊得变成年轻！

把旧社会留给我们身上的创伤和污秽

喊掉得干干净净！

举着红灯的游行的队伍河一样流到街上。

天空的月亮失去了光辉，星星也都要躲藏。

呵，我们多么愿意站在这里欢呼一个晚上！

我们多么愿意在毛泽东的照耀下，

把我们一生献给我们自己的国家！

（七）

让我们更英勇地开始我们的新的长征！

我们已经走完了如此艰辛的第一步，
还有什么能够拦阻，
毛泽东率领的队伍的浩浩荡荡的前进！

严阵

英雄碑颂

走过天安门广场的同志：停下脚，
请抬起头来仰望，请脱帽，
欢乐和幸福吗？暂且把它忘掉，
英雄碑前，要静悄悄……

风雨交加之日，你会听到黄河咆哮，
它二十年代的巨浪，似雷滚电啸！
云霭迷离之夜，你能听见长江怒号，
它三十年代的狂涛，如山崩山倒！
霜露压肩，你会听到巴山竹笛，
冰雪掩足，你能听见中原洞箫！
松风起时，你会听到角号裂耳，
霹雳过处，你能听见车轮暴跳！

月光蒙蒙，碑下走着方志敏，
哗啦，哗啦，是他脚下沉重的铁镣！
曙光微微，碑前站着李大钊，
他那灰色的长衫，被薄雾笼罩！
灯影里，殷夫的笔仍旧沙沙作响，
星光下，叶挺的剑正在嚓嚓出鞘！
不死的王孝和还怒视着阴森的枪口，
忠贞的刘胡兰正迎向那血染的铡刀！

啊！风沙漫漫，漫漫风沙里，
风沙里时有时无的是森林般的长矛！
啊！雨雾茫茫，茫茫雨雾中，
雨雾中若隐若现的是火焰般的梭镖！
啊，大渡河的波涛上，弹光万道，
啊，金沙江的急流里，浆橹如搅！
五指山——红云，长白山——银袍，
多少英雄冲杀声，全在这碑前缭绕！

啊，浩浩南京路，迢迢咸阳道，
多少忿怒的步伐被套上镣铐！
啊，青青雨花台，寂寂龙华塔，

多少钢铁的胸膛在血泊里仆倒！
啊，古黄鹤楼留下多少志士足迹，
啊，新宝塔山熟悉多少英雄面貌！
刀山——渣滓洞，火海——上饶，
多少同志的鲜血，织成这霞光如潮！

井冈山下炮火初歇赤卫队员还在放哨，
听：一步一步，草鞋踏着雨后的春草！
湘江岸边红叶簇簇起义农民正磨战刀，
听：一声一声，涛音衬着豪迈的谈笑！
冀中平原青纱帐里游击健儿正在埋伏啊，
江南水乡绿柳丛中将军战马正在长啸！
逐鹿中原啊，每一条道路都在抖动，
横渡长江啊，每一朵浪花都在燃烧！

平汉路上汽笛长鸣罢工工人涌上轨道，
看：呼啦啦，平地卷起了红色风暴！
上海街头呼声震天爱国学生走出学校，
看：轰隆隆，半空中滚来了愤怒浪潮！
二月重庆花前，谁在细声说着联络暗号，
八月南京月下，谁用铅笔轻轻触着电稿！
绞绳千条啊，绞不尽星火燎原，

铁锁万把啊，锁不住阳光普照！

老同志们：听到你战友的声音吗？
新同志们：可听到你前辈进军的号召？
做妻子的：听听丈夫最后的怒吼吧，
做丈夫的：听听妻子高呼的口号！
做儿女的：听听父母的慷慨悲歌吧，
做父母的：听听儿女热血的呼啸！
多少没有说完的话在烈士胸中奔腾啊，
你要听吗？英雄碑前能够听到！

北国千山，山山都在这碑前聚，
南方万水，水水都在这碑前绕！
啊，多少皮鞭多少枪弹多少棍棒刺刀，
啊，多少眼泪多少仇恨多少血的忠告！
为了今天，先辈们曾付出了多大的牺牲啊，
好好记取吧：我的同志！我的同胞！
万代莫忘啊：六万万个男女老少！

走过天安门广场的同志：停下脚，
请你抬起头来仰望，请脱帽，
烈士们的目光正瞧着我们啊，

英雄碑前，不是静悄悄……

中国梦

我们需要一个新的梦，
需要一个
新的
中国梦。

你幸福吗？
我幸福，
我比任何时候都幸福，
可幸福并不仅仅是，
有了一间房，
有了一辆车，
有了一块地。

中国梦

你美丽吗？
我美丽，
我比任何时候都美丽，
可美丽并不仅仅是，
修了眉，
染了发，

整了容。

我们需要一个新的梦，
需要一个
新的
中国梦。

我们的许多幸福，
是在那些
狂风暴雨里，
我们的许多幸福，
是在那些
炮火硝烟里。

我们的许多幸福，
是在那些
雷鸣电闪里，
我们的许多幸福，
是在那些
惊涛骇浪里。

是在我们经历过的

那些狂风暴雨里，
是在我们穿越过的
那些炮火硝烟里，
是在我们承受过的
那些电闪雷鸣里，
是在我们战胜过的
那些惊涛骇浪里。

因为跋涉就是幸福，
因为奋斗就是幸福，
因为奉献就是幸福，
因为胜利就是幸福。

我们需要一个新的梦，
需要一个
新的
中国梦，
我们的许多美丽
是在我们的心脏里，
我们的许多美丽
是在我们的血管里，
我们的许多美丽

是在我们的微笑里，
我们的许多美丽
是在我们的灵魂里。

是我们心脏里
坚守的信仰，
是我们血管里
坚定的信念，
是我们微笑里
流露的爱心，
是我们灵魂里
固有的精神。

因为有信仰就是美丽，
因为有信念就是美丽，
因为有爱心就是美丽，
因为有精神就是美丽。

我们需要一个新的梦，
需要一个
新的
中国梦，

你幸福吗?
任何时候都不要
沾沾自喜,
任何时候都不要
自我满足,
美国人四十年前
就登上月球了,
世界上需要我们做的事
还很多很多。

你美丽吗?
任何时候都不要
自我感觉良好,
任何时候都不要
以为自己完美无缺。

这个现代化的世界,
某些方面
还是一片荒漠,
等待我们去开发的美丽
还有

很多。

我们需要一个新的梦，
需要一个
新的
中国梦。

有了一把能打开房门的钥匙，
就幸福吗？
有了一把能打开车门的钥匙，
就幸福吗？
虽然我们比起过去
确实拥有，
但仅仅拥有这些
还远远
不够。

我们还需要一把
能打开太阳的钥匙，
我们还需要一把
能打开月亮的钥匙，
我们还需要一把

能打开星星的钥匙，
我们还需要一把
能打开许多太阳的钥匙，
我们还需要一把
能打开许多月亮的钥匙，
我们还需要一把
能打开许多星星的钥匙。

我们还特别需要
能打开所有漫长的时间，
和所有浩瀚空间的
那把
钥匙。

我们需要一个新的梦，
需要一个
新的
中国梦。

把眉毛修了，
就美丽吗?
把头发染了，

就美丽吗?
把面容整了,
就美丽吗?
虽然我们比起过去
确实漂亮,
但这远远还不是
我们的
梦想。

我们更需要关注的
是一个国家的美,
我们更需要关注的
是一个民族的美,
我们更需要关注的
是一种时代的美,
我们更需要关注的
是一种历史的美。

我们需要的是那种
胜过所有外在美的
那种美,
那种在全世界面前

站得住立得稳的美，
那种人品之美，
那种人格之美，
那种人性之美，
那种人情之美。

我们需要一个新的梦，
需要一个
新的
中国梦。

中华民族到了
最危险的时候，
因为最胜利的时候
就是最危险的时候。

中华民族到了
最危险的时候，
因为最成功的时候
就是最危险的时候。

危险的是那种冷漠，

危险的是那种庸俗，
危险的是那种忘却，
危险的是那种麻木。

危险的是那些浮躁，
危险的是那些盲目，
危险的是那些自误，
危险的是那些自腐。

现在依然需要，
用我们的血肉
筑成我们
新的长城，
我们今天的长城，
就是中国模式的
胜利。

现在依然需要，
用我们的血肉
筑成我们
新的长城，
我们今天的长城，

就是中国模式的

成功。

我们现在依然需要，

用我们的血肉

筑成我们

新的长城，

我们今天的长城

就是中国模式的

幸福。

我们现在依然需要，

用我们的血肉

筑成我们

新的长城，

我们今天的长城

就是中国模式的

美丽。

我们需要一个新的梦，

需要一个

新的

中国梦。

微笑的中国

我们是一个微笑的国家，

我们送给你的第一个礼物就是微笑，

你不管问我什么话，

我都用微笑回答你，

因为微笑用不着翻译。

微笑是一种雨，一种无声的雨，

它会在我们心中展开杨柳依依；

微笑是一种风，一种彩色的风，

它会在我们面前幻出蓓蕾粒粒；

微笑是一行诗句，一泓在沙漠里流动的甘泉，

微笑是一幅画，一片美丽的远山，

微笑是中秋桂子十里香莲，微笑是一江春水片片远帆，

微笑是你窗口的那朵白云，微笑是你梁间的那只春燕，

微笑是一声遥远的驼铃，微笑是一树青青的幼果，

微笑是一片碧蓝的空间，等待着鹤群飞过。

我们是一个微笑的国家，我们送给你的第一个礼物就是微笑。

那是些微笑的早晨，那是些微笑的黄昏，

那是些微笑的窗口，那是些微笑的车轮，

那是些微笑的街道，那是些微笑的大门，
我们的国家一切都在微笑，
请敞开你的胸怀让我们把你拥抱。
虽然我们有古老的文明辽阔的版图，
虽然我们手中有剑箭上有镞，
但微笑却是我们，却是我们最大的，最大的财富。
长城可以证明我们是一个防御的民族，
我们通向四方的是微笑铺成的道路，
我们微笑着把门打开，
我们欢迎你欢迎整个世界，
因为来了才会明白，
我们除了美酒茅台可以使你一醉千载，
别的没有什么，没有什么可以威胁你的那片云彩。
因此请端起端起你面前的这杯微笑，端起这杯中国制造，
将它一饮而尽为了和谐美好，
我们是一个微笑的国家，
我们送给你的第一个礼物就是微笑。

未央

祖国，我回来了

车过鸭绿江，

好像飞一样。

祖国，我回来了，

祖国，我的亲娘！

我看见你正在

向你远离膝下的儿子招手。

车过鸭绿江，

好像飞一样；

但还是不够快呀！

我的车呀！

你为什么这么慢？

一点也不懂得

儿女的心肠！

车过鸭绿江，
江东江西不一样，
不是两岸的
土地不一样肥沃秀丽，
不是两岸的
人民不一样勤劳善良。
我是说：
江东岸——
鲜血浴着弹片；
江西岸——
密密层层秫秸堆，
家家户户谷满仓。
我是说：
江东岸的人民
白天住着黑夜一样的地下室；
江西岸的市街，
夜晚像白天一样亮堂！
祖国呀！
一提到江东岸，
我的心又回到了朝鲜前方。
车过鸭绿江，
同车的人对我讲：

“好好儿看看祖国吧，同志！
看一看这些新修的工厂。”
一九五三年
是我们五年计划的头一个春天——
春天是竹笋拔尖的季节，
我们工厂的烟囱
要像春天的竹笋一样！
老人们都说：
孩儿不离娘，
祖国呀，
在前线
我真想念你！
但我记住一支苏维埃的歌：
“假如母亲问我去哪里，
去做什么事情，
我说，我要为祖国而战斗，
保卫你呀，亲爱的母亲！……”
在坑道里，
我哼着它，
就像回到了你的身旁，
在作战中，
我哼着它，

就勇敢无双！

车过鸭绿江，

好像飞一样。

祖国，我回来了，

祖国，我的亲娘！

但当我的欢喜的眼泪

滴在你怀里的时候，

我的心儿

却又飞到了朝鲜前方！

田地

我爱我的祖国

我爱

我的祖国。

我的祖国，是我生下来睡的摇篮；……是我第一天上学去走过的石子路；是我在少年宫乘过的旋转上升的火箭；是营火晚会熊熊燃烧的篝火……

我爱

我的祖国。

我的祖国，是吐鲁番的葡萄，哈密的瓜；是海南岛的菠萝，天津的鸭梨；是关中平川雪白雪白的棉花；是长江两岸金黄金黄的稻谷；是青藏高原胖墩墩的牦牛和绵羊，是大兴安岭、小兴安岭笔直笔直的云杉和红松；是集市上一堆一堆的竹笋一篮一篮的鸡蛋；是百货公司里一个个大眼睛的布娃娃，一件件花蝴蝶般的连衣裙……

我爱

我的祖国。

我的祖国，是东海渔船的点点白帆；是西山晚霞中的片片红叶；是龙井兰花般浓郁香味的绿茶；是景德镇蛋壳般透明的瓷器；是黄河的浪涛汹涌，长城的巨龙奔腾；是云冈石窟的庄严，敦煌壁画的绚丽……

我爱

我的祖国。

我的祖国，是屈原的诗歌，鲁迅的文章；是张衡的候风地动仪，陈景润的数学皇冠的明珠；是女排姑娘赢得世界冠军的金牌，登山队员插上珠穆朗玛峰的五星红旗……

我爱

我的祖国。

我的祖国，是边防哨所战士枪口的准星；是港口领航员帽檐上的国徽；是国徽上天安门晴湛湛的蓝天，蓝天下的鸽哨，鸽子回翔的华表和堆满鲜花的人民英雄纪念碑……

我爱

我的祖国。

我的祖国，是描绘现代化蓝图的纸；是指引前进方向的罗盘，是传播文明的活字印刷；是庆祝节日用火药制成的噼噼啪啪的鞭炮，和向夜空喷洒的五彩缤纷的礼花……

我爱

我的祖国。

我的祖国，是我爷爷播种庄稼、栽培果树的九百六十万平方公里的大地；是我爸爸装卸集装箱、吊放水泥预制板的一百多米高的起重机；是邻家叔叔、婶婶修建一幢一幢单元住房天天升高的脚手架……

我爱

我的祖国。

我的祖国，是用儿歌催我熟睡的奶奶；是用乳汁喂我长大的妈妈；是教我认读拼音字母。学会（+-×÷）的老师；是让我戴上红领巾听我回答“时刻准备着”的辅导员……

我的祖国就是这……一切。

我爱

我的祖国。

我爱

我又古老又年轻的……祖国。

我的祖国正在走向振兴，走向富庶。为了祖国的强盛，人民的安康；为了祖国的繁荣，人民的幸福，为了祖国的社会主义现代化，人民的明天、后天和未来……

祖国啊

祖国，请告诉我，

吩咐我，

命令我——

一个少先队员我应该做些什么，来光大我的

祖国？

魏钢焰

你，浪花里最清的一滴

在这里，

我要唱一个人。

他不是将军，

却立了无数功勋；

他不是文豪，

却写下不朽的诗文；

他如此平凡，如此年轻，

像一滴小小的春雨，

却渗透——

亿万人的心！

为什么呵为什么，

亿万人民的心里，

都念着这个

二十二岁士兵的姓名？

他呵，

是一滴水，

却能够

反映了整个太阳的光辉！

他呵，

是刚展翅的鸟，

却能够

一心向着党飞！

他呵，

是才点亮的灯，

只不过

每一分光都没有浪费！

他呵，

是刚敲起的鼓，

却能够

每一声都化成雷！

呵，雷锋！

你不为自己编歌曲，
你不为自己织罗衣，
你不为自己梳羽毛，
你不为个人流一滴泪。

呵，雷锋！
你，国际歌里的一个音符；
你，红旗上的一根纤维；
你，花丛中的红花一瓣，
你，浪花里最清的一滴！
青春！
永生！
壮丽！
看列兵雷锋呵，
一步一个回声，
一步一支歌曲，
直响透
未来的无穷世纪！

闻捷

我思念北京

我殷切地思念北京，
像白云眷恋着山岫，清泉向往海洋，
游子梦中依偎在慈母的膝下……
我日日夜夜思念着北京啊！
我思念北京，难道仅仅因为：
知春亭畔吐出了第一缕柳烟，
西苑的牡丹蓦然间绽放妩媚的笑容，
蝉声催醒了钓鱼台清流里的睡莲，
谐趣园的池水绣满斑斓的浮萍，
金秋染红了十八盘上下的枫叶，
陶然亭欣然沉醉于月桂的清芬，
或是傲岸的松柏覆盖了天坛的霜雪，
红梅向白塔透露早春的来临……

我思念北京，难道仅仅因为：
太和殿凌空翘起了描金的飞檐，
万道霞光倾泻了佛香阁琉璃的伞顶，
九龙壁上的龙尾击出了浪声，
长安街林阴下漫步着幸福的情侣，
红领巾的欢笑装满北海的游艇，
或是花市的绒花丰富了生活的情趣，
厂甸的年礼渲染着春节的气氛.....

我思念北京，难道仅仅因为：
石景山的高炉奔泻着火红的铁水，
八达岭的松枝化作绿色的围屏，
北京站悠扬的钟声催动了待发的列车，
四季青人民公社的收获彩色缤纷，
百货大楼川流着欢愉的顾客，
前门饭店迎送着南来北往的旅人，
或是首都剧场演出了新生活的赞歌，
美术馆会聚了祖国江山的美景……

我日日夜夜思念着北京…
啊，这千条经线，万条纬线，

织成了我激情的瀑布，心灵的梦境；
但是，我的思想不是飞溅的水花，
清澈的潭水万丈深沉。

我为什么如此地思念北京？
那儿升起了辐射光与热力的恒星！
他庄严的诗句叩开世界人民的心扉，
豪迈地宣布新中国从严峻的战斗里诞生；
三山五岳抬起了刚毅的头颅，
长江大河奔腾着古老民族的欢欣；
浩渺的天宇擂动着雄浑的鼓点，
辽阔的版图更换了一片建设的风景，
那飘起第一面五星红旗的天安门广场，
回荡着中国人民胜利的笑声……

我为什么如此地思念北京？
那儿居住着我们祖国的伟大公民！
他骄傲地登上天安门城楼，
检阅人民的力量、捍卫世界和平的大军；
欢腾的广场列队走过骁勇的战士，
三面红旗引导着大步前进的工人和农民，
湛蓝的晴空飞过频频致敬的银燕，

一片彩云托着带有竹哨的鸽群，
历史博物馆那灯火辉煌的大厅内，
铭刻着中国革命战斗的历程……

我为什么如此地思念北京？
那儿挺立着我们时代的真理士兵！
他以魁梧的身躯阻挡了混浊的逆流，
指点出帝国主义作浪兴波的本性；
拉丁美洲的斗士高举起炽烈的火炬，
亚洲的兄弟驱散了弥漫在眼前的乌云，
非洲的奴隶抚摸着皮鞭烙下的伤疤，
欧罗巴工人兄弟扛着战斗的红旗，
汲取着敢于斗争的力量和信心，
马克思列宁主义战无不胜的革命学说，
在革命的土壤上获得了永生……

啊，北京啊，北京！
中华民族五千年历史的精华，
六亿五千万人民顽强意志的结晶，
阶级的大脑，党的核心，
祖国建设的枢纽，人类和平的后盾，
人民觉醒时代进军旧世界的大纛，

觉醒人民心上的北斗七星.....

每当我如此地思念着北京，
我胸中便响彻三支高入云霄的歌声；
一支是“东方红，太阳升……”
一支是“起来，不愿做奴隶的人们……”
一支是“满腔的热血已经沸腾，
要为真理而斗争……”
于是我就会迈开大步，踏着战斗的节奏，
为着北京，为着祖国，为着世界革命，
献出我诗人的歌喉，赤子的心，
一个战士的全部忠诚。

我是如此殷切地思念北京，
像白云眷恋着山岫，清泉向往海洋，
游子梦中依偎在慈母的膝下……
我日日夜夜思念着北京啊！

牛汉

血和泪

生命在荆棘中燃烧……

皮肉被深深地刺伤了一千处，
血在流，流，血在诉说悲痛。

泪比血隐藏得深，
泪全部凝聚在心里，
默默地卫护着灵魂，
没有一滴逃亡。

血流尽了，身躯倒下，
仍觅寻不到一滴泪，

刽子手们猎取到的只是血和尸骨，
坚贞的泪他们休想捕猎到一滴。

落雪的夜

北方，
落雪的夜里，
一个伙伴
给我送来一包木炭。
他知道我寒冷，我贫穷，
我没有火。

祖国呵，
你是不是也寒冷？

我可以为你的温暖，
将自己当作一束木炭
燃烧起来……

根

我是根，
一生一世在地下
默默地生长，

向下，向下……
我相信地心有一个太阳。

听不见枝头鸟鸣，
感觉不到柔软的微风，
但是我坦然，
并不觉得委屈烦闷。

开花的季节，
我跟枝叶同样幸福，
沉甸甸的果实，
注满了我的全部心血。

叶文福

祖国啊，我要燃烧

当我还是一株青松的幼苗，
祖国啊我要燃烧。
大地就赋予我高尚的情操！
我立志作栋梁，献身于人类，
一枝一叶，全不畏雪剑冰刀！
不幸，我是植根在深深的峡谷，
长啊，长啊，却怎么也高不过峰头的小草。
我拼命吸吮母亲干瘪的乳房，
一心要把理想举上万重碧霄！
我实在太不自量了：幼稚！可笑！
蒙昧使我看不见自己卑贱的细胞。
于是我受到了应有的惩罚——
迎面扑来旷世的风暴！

啊，天翻地覆……

啊，山呼海啸……

伟大的造山运动，

把我埋进深深的地层，

——我死了，那时我正青春年少。

我死了！年轻的躯干在地底痉挛，

我死了！不死的精灵却还在拼搏呼号：

“我要出去！我要出去！

我要出去啊——我的理想不是蹲这黑暗的囚牢！”

漫长的岁月，

我吞忍了多少难忍的煎熬，

但理想之光，依然在心中灼灼闪耀。

我变成了一块煤，还悲愤地捶打地狱的门环：

“祖国啊，祖国啊，我要燃烧！”

地壳是多么的厚啊，希望是何等的缥缈！

我渴望：渴望面前闪出一千条向阳坑道！

我要出去，投身于熔炉，化作熊熊烈火：

“祖国啊，祖国啊，我要燃烧——”

叶延滨

黄河与我同在

我每天都在狱中，
周围是高大的围墙，
忠厚和淳朴将我包围，
真诚和善良使我营养不良，
我即将失明，
黑夜中，漆黑将我涂抹。

我每天都在狱中，
黄河滚烫着从我心脏流进，
汹涌地泛滥，
流向高山与平原，
青纱帐与万泉河，
随后，

在白杨树下，

从我每一根血管迸出。

中国

一位金发碧眼的外国女郎，

双手拳在胸前，

“How great！China……”

她赞美着老态龙钟的长城。

不，可尊敬的小姐，

对于我的祖国，长城——

只不过是民族肌肤上一道青筋，

只不过是历史额头上一条皱纹……

请看看我吧，年轻的我——

高昂的头，明亮的眼，刚毅的体魄。

你会搜寻不到恰当的赞美词，

但你会真正地找到：“中国”！！